Für Thomas Neumaier

Mit herzlichen Grüßen
aus Subäquatoria

Hans Lerchbacher

5.11.81

Daniel Leu

Wohin der Groschen fällt

Schwarze Reportagen aus dem Entwicklungsland Bundesrepublik

Umschlaggestaltung Rolf Bünermann
unter Verwendung einer Karikatur von Jupp Wolter
Gesamtherstellung Mohndruck
Graphische Betriebe GmbH, Gütersloh
Printed in Germany · ISBN 3-8046-8592-7

Inhalt

Schwarze Reportagen aus dem Entwicklungsland Bundesrepublik

Subäquatoria gehört zu den jungen Nationen des afrikanischen Kontinents, die erst vor wenigen Jahrzehnten die politische Selbständigkeit erhalten haben. Wie viele andere Länder der Dritten Welt ist Subäquatoria auf eine Unterstützung von außen angewiesen, um mit seinen wirtschaftlichen Problemen fertig zu werden. Einer der größten Entwicklungshilfe-Geber ist dabei die Bundesrepublik Deutschland.

Subäquatoria nimmt das »Prinzip Partnerschaft«, auf das sich die entwicklungspolitische Zusammenarbeit gründet, ernst. Der staatliche Rundfunk, die Voice of Subequatoria, hat vor einiger Zeit einen ständigen Korrespondenten in die Bundesrepublik entsandt, um seinen Hörern ein möglichst umfassendes Bild über Deutschland und die Deutschen zu vermitteln.

Dieser Journalist, Daniel Leu, informiert seine Landsleute in einer regelmäßigen wöchentlichen Sendung über sein Gastland. Er nennt seine Nachrichten, Kommentare und Analysen, die er durch Interviews mit prominenten Politikern anreichert, »Berichte aus dem Entwicklungsland Bundesrepublik Deutschland«. Denn er hat festgestellt, daß auch reiche Industriestaaten wie die Bundesrepublik ihren Entwicklungsweg noch längst nicht abgeschlossen haben, sondern sich weiter um Veränderungen, Verbesserungen und Reformen bemühen.

Der Sender Freies Berlin fand Leus Sendungen so bemerkenswert, daß er sie in einer deutschen Übersetzung übernahm und zwischen Oktober und Dezember 1980 ausstrahlte. Die Manuskripte dieser Sendungen sind in diesem Buch wiedergegeben.

Die Entwicklungs-hilfe der Entwicklungs-länder

»Die technische Hilfe für unterentwickelte Länder beginnt sich langsam auszuzahlen.«

Liebe Hörerinnen und Hörer in der Heimat. Deutsch ist eine schöne, faszinierende und schwierige, aber auch eine genaue Sprache. Man muß gelegentlich sehr gut hinhören, will man den Hintersinn eines Wortes richtig erfassen. Nehmen wir als Beispiel einen Begriff, mit dem ich als Angehöriger eines Landes der Dritten Welt häufig zu tun habe: Entwicklungshilfe.

Alles entwickelt sich: Ein Kind, ein Samenkorn, ein Film. Nichts entwikkelt sich jedoch von allein. Das Kind braucht in den ersten neun Monaten den Mutterleib, später die Unterstützung von Eltern und Lehrern. Das Samenkorn benötigt zu seiner Entfaltung einen Nährboden. Der belichtete Film, soll ein Foto aus ihm werden, muß mit chemikalischen Materialien behandelt werden.

Unterstützung bei und zur Entwicklung hieß ursprünglich einmal Entwicklungshilfe. Aber weil sich auch Sprache entwickelt und verändert, wurde der Sinn dieses Wortes im Laufe der Jahre eingeengt. Mit »Entwicklungshilfe« bezeichnet man heute in Deutschland lediglich die finanzielle Unterstützung, die ein Industrieland einem Land der Dritten Welt zukommen läßt (also auch die Hilfe, die wir in Subäquatoria erhalten).

Doch kein Land ist vollkommen. Und wenn man die Reden der Politiker insbesondere vor Wahlen ernst nimmt, ist auch die Bundesrepublik ein Staat, in dem noch sehr vieles weiterentwickelt werden muß. Fast ein richtiges Entwicklungsland.

Ich bin in den vergangenen Tagen diesem Problem intensiv nachgegangen und dabei auf ein überraschendes Ergebnis gestoßen. Um es vorab zu sagen: Zum Wohlstand und Fortschritt Deutschlands tragen in großem Maße andere bei; ohne Unterstützung von außen würde hier vieles nicht laufen.

Lassen Sie sich, liebe Hörerinnen und Hörer in Subäquatoria, durch die folgenden Zahlen nicht langweilen oder verwirren. Sie sind, obwohl amtlich, äußerst interessant und aufschlußreich:

- In der Bundesrepublik leben und arbeiten 26 000 Akademiker und andere Fachkräfte mit Hochschulreife aus mehr als 100 Ländern der Dritten Welt, unter ihnen allein etwa 10 000 Ingenieure und 7000 Ärzte;
- ferner halten sich 280 000 Facharbeiter aus der Dritten Welt hier auf;
- und nicht zu vergessen die über zwei Millionen ausländischen Arbeitnehmer, die sog. Gastarbeiter, von denen wiederum die meisten aus Entwicklungsländern wie der Türkei oder Griechenland stammen.

Unter dem Strich: Jeder zehnte bis elfte Arbeitsplatz in Deutschland ist mit einem Ausländer besetzt. Das hochtechnisierte Industrieland Bundesrepublik erhält also eine ganz massive Hilfe von den Staaten der Welt, die man gemeinhin als Entwicklungsländer bezeichnet. Und ich kann Ihnen zu Hause in Subäquatoria versichern, daß die Menschen hierzulande für diese Hilfe ausgesprochen dankbar sind und daß sie jeden Ausländer mit farbiger Haut mit Höflichkeit und Zuvorkommenheit geradezu überschütten. (Hm. Nein, doch lieber nicht. Liebe Technik daheim, den letzten Satz bitte schneiden!)

Angesichts der Bedeutung dieser Zusammenarbeit mit den Ländern der Dritten Welt und, ordentlich, wie deutsche Organisationen und Bürokraten nun einmal sind, hat die Bundesregierung deshalb vor zwei Jahrzehnten, im Herbst 1961, ein eigenes Ministerium eingerichtet. Vor einigen Tagen hatte ich in Bonn Gelegenheit, mit dem zuständigen Entwicklungsminister ein kurzes Gespräch zu führen.

Frage:
Welche Bedeutung, Herr Minister, mißt Ihr Haus der Personellen Zusammenarbeit zwischen der Bundesrepublik und den Ländern der Dritten Welt bei?

Minister:
Die Bundesregierung sieht in der Unterstützung der Entwicklungsländer durch deutsche Fachkräfte einen wesentlichen Beitrag zur Entwicklung dieser Länder; sie tragen durch ihr Know-how in hohem Maße zum Fortschritt dort bei.

Frage:
Wie viele Deutsche sind insgesamt in Entwicklungsländern tätig?

Minister:
Alles in allem rund 23 000. Von ihnen sind knapp 20 000 für private Wirtschaftsunternehmen tätig. Etwas mehr als 3000 arbeiten im Rahmen der deutschen Entwicklungshilfe als Experten oder Entwicklungshelfer. Und ich freue mich ganz besonders, Ihnen bei dieser Gelegenheit mitteilen zu können, daß wir in jüngster Zeit die Zahl der Fachkräfte für Ihr Land, für Subäquatoria, um mehr als 50 Prozent, nämlich von 22 auf 34, erhöhen konnten.

Frage:
Und welche besonderen Aufgaben haben die Entwicklungshelfer?

Minister:
Wie schon der Name des für Entwicklungshelfer zuständigen Arbeitskreises »Lernen und helfen in Übersee« sagt, eine doppelte Aufgabe: zum einen zur Entwicklung der Dritten Welt beizutragen und zum anderen die in diesen Ländern gewonnenen Erfahrungen zum Wohle unseres Landes einzusetzen.

Soweit mein Interview mit dem deutschen Entwicklungsminister. Ich traf ihn übrigens kurz vor dem Beginn einer Rundreise durch mehrere Länder der Dritten Welt, die er zusammen mit einer großen Delegation antrat. Das Ziel dieser Reise bestand darin, »vor Ort«, also in den Entwicklungsländern selbst, zu erkunden, wie die praktische Unterstützung der Bundesrepublik sinnvoll organisiert werden muß. Denn die rund 2500 Mitarbeiter des Ministeriums und der mit der praktischen Entwicklungshilfe betrauten Durchführungsorganisationen müssen ja wissen, was sie an ihrem Arbeitsplatz im Büro zu tun haben. Und wer kann ihnen besser dabei helfen als die Entwicklungsländer selbst.

Als Subäquatorianer und Angehöriger der Dritten Welt freue ich mich, daß wir der Bundesrepublik nicht nur eine große Hilfe für ihre Entwicklung angedeihen lassen können, indem so viele Menschen aus Entwicklungsländern hier arbeiten. Ganz besonders macht mich glücklich, daß wir auch einen Beitrag dazu leisten, daß die Deutschen etwas von uns lernen.
Auf Wiederhören in einer Woche.

Die Deutschen sterben doch nicht aus

IST ROM NOCH IMMER GEGEN DIE PILLE ?

Liebe Hörerinnen und Hörer in der Heimat. In den vergangenen Wochen habe ich zwei neue Wörter gelernt, die seit geraumer Zeit in der öffentlichen Diskussion der Bundesrepublik Deutschland verwandt werden: Null-Wachstum und Minus-Wachstum. Ich habe lange gegrübelt, was darunter zu verstehen sei.
Das Wort »Wachstum« ist klar: Etwas wird größer oder vermehrt sich oder nimmt zu. Null-Wachstum hingegen – oder gar Minus-Wachstum – scheint mir völlig unlogisch zu sein. Wie kann etwas zur gleichen Zeit wachsen und dabei dennoch nur gleich groß bleiben oder sich gar verringern?
Aber das offensichtlich Unlogische funktioniert – betrachtet man zum Beispiel den Prozeß der Bevölkerungsentwicklung. In der Bundesrepublik werden wie überall Babys geboren. Dennoch nimmt die Zahl der Menschen in diesem Land ab, weil mehr alte Bürger sterben, als Kinder zur Welt kommen.
Seit dem Beginn der 70er Jahre geht die Bevölkerungszahl in der Bundesrepublik langsam, aber stetig zurück; zur Zeit sind es rund 61,3 Millionen Menschen (etwa vier Millionen Ausländer eingeschlossen). Und schon sind Schreckensrufe von Politikern zu hören, die über den vielgerühmten deutschen Weitblick verfügen: Wir haben zuwenig Kinder, die die Renten unserer Rentner in Zukunft bezahlen können. Schlimmer noch: Die Deutschen sterben im nächsten Jahrhundert aus.
Kühle Rechner, wie sie nun einmal sind, haben die Deutschen ein Gegenmittel ersonnen, wie sie mehr Babys »produzieren« können: Sie bezahlen dafür. In Bonn hatte ich jüngst Gelegenheit, mit dem für Fragen der Familienpolitik zuständigen Bundesminister – dies ist aus völlig unverständlichen Gründen fast immer eine Frau, meist die einzige in der Regierung – das folgende Gespräch zu führen.

Frage:
Welche Anreize, Frau Minister, gibt der deutsche Staat den Familien, damit mehr Kinder geboren werden?

Ministerin:
Die Bundesregierung stellt Jahr für Jahr steigende Beträge den Familien mit Kindern zur Verfügung. In den Genuß dieses sogenannten Kindergelds gelangen zur Zeit rund 8,3 Millionen Familien mit insgesamt 15 Millionen Kindern.

Frage:
Wieviel wird dafür aufgebracht?

Ministerin:
Zur Zeit, also im Jahre 1980, werden für das erste Kind 50 Mark, für das zweite 100 sowie für das dritte und jedes weitere Kind 200 Mark bezahlt; ab Februar 1981 werden die Beträge für Zweitkinder auf 120 sowie für dritte und weitere Kinder auf 240 Mark erhöht – monatlich natürlich.

Frage:
Das sind beachtliche Summen, Frau Minister. Wieviel Kindergeld bringt die Bundesregierung alljährlich insgesamt auf?

Ministerin:
In diesem Jahr werden zur Unterstützung der Familien mit Kindern rund 17,2 Milliarden Mark aus dem Bundeshaushalt, d. h. aus Steuermitteln, aufgewendet. Im nächsten Jahr werden es – wegen der höheren Leistungen – knapp 19,5 Milliarden Mark sein.

Es ist ein makabrer Vergleich: Die Zahl der 15 Millionen Kinder, die in der Bundesrepublik leben und monatlich mit relativ hohen Beträgen unterstützt werden, entspricht genau der Zahl der 15 Millionen Kinder in der Dritten Welt, die Jahr für Jahr zum Tode verurteilt sind, weil ihre Eltern in unbeschreiblicher Armut leben, sie weder ernähren noch ihnen ein Mindestmaß an medizinischer und hygienischer Betreuung zugute kommen lassen können.
Insgesamt leben in den Entwicklungsländern mehr als 1,3 Milliarden Kinder (nebenbei: über 21mal mehr, als die Bundesrepublik insgesamt Einwohner hat). Und von ihnen ist jedes dritte Kind dazu verdammt, sein Leben in Elend zu fristen. 400 Millionen Kinder – das heißt: pro Kopf der Einwohner der Bundesrepublik sieben Kinder.
Und diese Zahlen des Elends steigen und steigen. Denn im Gegensatz zur Bundesrepublik und einigen anderen westlichen Industrieländern, wo die Bevölkerung ein Minus-Wachstum verzeichnet, explodiert die Einwohnerzahl in der Dritten Welt. Heute leben von den rund 4,4 Milliarden Menschen der Welt etwa 3,3 Milliarden in Entwicklungsländern; im Jahre 2000 werden es mehr als fünf der dann zu erwartenden 6,3 Milliarden Menschen sein.
Und in diesem Zusammenhang noch eine Zahl: Die 17 bis 19 Milliarden Mark jährliches Kindergeld sind ziemlich genau das Dreifache der Summe, die die Bundesrepublik pro Jahr an Entwicklungshilfe ausgibt.
Aber zurück zum eigentlichen Thema: Für die Bundesrepublik Deutschland ist, wie für die Entwicklungsländer, die Bevölkerungspolitik eines der wichtigsten Themen für die Zukunft des Landes – wenn auch mit umgekehrten Vorzeichen. Kinder sind die einzige Altersversicherung für die heute Erwachsenen; deshalb spricht man dabei auch von einem »Generationenvertrag«.

Wie viele Kinder eine Familie zur Welt bringt, hängt ganz entscheidend von dem Umfeld ab, in das die Kinder hineingeboren werden. Auf der Weltbevölkerungskonferenz 1974 in Bukarest wurde das Schlagwort »Entwicklung ist die beste Pille« geprägt. Dies heißt nicht mehr und nicht weniger als: In unterentwickelten Ländern werden zahlreiche Kinder geboren, weil nur viele Söhne und Töchter die Zukunft der Eltern sichern können; und in überentwickelten Ländern werden sehr wenig Kinder geboren, weil der hohe Lebensstandard eine große Kinderschar vermeintlich überflüssig macht.

Der Slogan »Entwicklung ist die beste Pille« bedeutet aber noch mehr. Eine verantwortliche Regierung, die aktiv Bevölkerungspolitik betreiben will, kann sich nicht darauf beschränken, jeder Frau und jedem Mann empfängnisverhütende Mittel zugänglich zu machen. In allererster Linie kommt es darauf an, den Menschen Anreize – in der entwicklungspolitischen Fachsprache heißen sie »incentives« – zu geben, wie sie ihre wirtschaftliche und soziale Situation in Gegenwart und Zukunft besser gestalten können.

Die Bundesrepublik hat mit ihrem Kindergeld ein solches incentive geschaffen. Aber das reicht noch längst nicht aus. Hören wir dazu noch einmal die zuständige Familienministerin.

Ministerin:

Kinder gehören zu den besonders benachteiligten Gruppen der deutschen Gesellschaft. Hinter ihnen steht keine Wirtschaftsmacht, sie haben keine erfolgreich arbeitende Lobby. Gerade deshalb muß der Staat mehr als bisher für die Kinder tun. Es geht um bessere Erziehungsbedingungen in der Familie, um die Förderung für benachteiligte Kinder, um einen Ausbau der Schulen und Berufsbildung, um eine intensivere Gesundheitsvorsorge sowie um eine kinderfreundliche Umwelt. Bei uns fehlen kindgerechte Wohnungen und kindgerechte Städte. Und besonders im Verkehr sind Kinder die schwächsten Teilnehmer.

*

Soweit die Bonner Ministerin. Was sie in der Öffentlichkeit nicht ausspricht, kann man von Politikern und anderen Prominenten im vertrauten Gespräch hören: Beim Verhalten der Erwachsenen gegenüber den Kindern kann die Bundesrepublik von den Entwicklungsländern, wo Kinder Könige sind, sehr viel lernen. Die Frage ist nur: Wann tut sie es?

Auf Wiederhören in einer Woche.

Arbeiten, um zu leben …

Brot für die Welt

Liebe Hörerinnen und Hörer in der Heimat. Arbeit ist eines der wichtigsten Wörter im Leben der Deutschen. Für viele sogar das wichtigste, sieht man vielleicht vom Fußball ab. Aber auch der artet in Arbeit aus, denn man unterscheidet hierzulande zwischen Stammtisch-Fußball, Hobby-Fußball, Amateur-Fußball, Halbprofi-Fußball und – Berufs-Fußball.
Deshalb erstaunte es mich zunächst keineswegs, als ich zum erstenmal das Wort »Teilzeitarbeit« hörte. Ich dachte, das sei ein Versuch der auf Logik und Klarheit bedachten Deutschen, einen Tatbestand präziser als bisher auszudrücken: eine neue, exaktere Umschreibung für den Teil der täglichen Zeit, den man mit Arbeit zubringt, also den durchschnittlichen Acht-Stunden-Arbeitstag. Um so verblüffender war für mich der eigentliche Sinn des Wortes: Arbeit während eines Teils dieser Acht-Stunden-Arbeitszeit. Stehen die Deutschen vor einer Tendenzwende – statt leben, um zu arbeiten: Arbeiten, um zu leben?

Aus dieser Sicht eines Ausländers, speziell eines aus der Dritten Welt, herrschen nachgerade paradiesische Arbeitsmarkt-Zustände. Von den 61,3 Millionen Einwohnern der Bundesrepublik Deutschland sind fast 42 Prozent, also 25,5 Millionen, Erwerbstätige; unter ihnen befinden sich etwa zwei Millionen ausländische Arbeitnehmer, sogenannte Gastarbeiter. Mit den derzeit 900 000 Arbeitslosen wird die Bundesrepublik seit einigen Jahren eigentlich spielend fertig, zumal diese Zahl noch nicht einmal vier Prozent der Menschen mit einem Arbeitsplatz beträgt.

Die durchschnittliche Arbeitszeit – ich deutete es schon an – liegt bei 40 Stunden pro Woche, und dies schon seit etwa einem Jahrzehnt. Doch damit nicht genug: In aller Öffentlichkeit wird bereits darüber diskutiert, sie auf 35 Stunden zu reduzieren. Dagegen wehren sich, wie man hört, einige Beamten-Ehefrauen, denn sie wollen nicht, daß ihre Männer unausgeschlafen aus dem Büro nach Hause kommen . . .

Die Bundesregierung gibt Jahr für Jahr viele Milliarden Mark aus, um Arbeitsmarktlage und Arbeitsbedürfnisse der Menschen in Übereinstimmung zu bringen. Sie unterstützt die berufliche Vorbereitung und Ausbildung junger Menschen, bietet für ältere Arbeitnehmer Umschulungen an, subventioniert Arbeitsplatz-Beschaffungsprogramme in Regionen der Bundesrepublik, die als unterentwickelt gelten – Entwicklungshilfe im eigenen Land sozusagen.
Über dieses Thema führte ich vor kurzem das folgende Gespräch mit dem zuständigen Bonner Minister:

Frage:
Welche Maßnahmen unternimmt der Staat, Herr Minister, um mit den Problemen des deutschen Arbeitsmarktes fertig zu werden?

Minister:
Nun, die Vollbeschäftigung in Deutschland ist, wie Sie sicherlich wissen, eines der Hauptanliegen, will sagen das zentrale Anliegen der Bundesregierung. Sie bedient sich zu diesem Zweck der in Nürnberg ansässigen »Bundesanstalt für Arbeit«. Der Haushalt dieser Anstalt, will sagen das Geld, das ihr für arbeitsmarktpolitische Maßnahmen zur Verfügung steht, beläuft sich auf – Moment – zur Zeit 21,2 Milliarden D-Mark jährlich.

Frage:
Was wird mit diesem Geld getan, Herr Minister?

Minister:
Nun, die Bundesanstalt für Arbeit fördert damit die Arbeitslosen in der Bundesrepublik, will sagen, sie fördert Maßnahmen, die der Behebung der Arbeitslosigkeit dienen. Einzelheiten dazu können Sie in den Berichten der Anstalt nachlesen. Sie betreffen eine Vielzahl von möglichen Förderungsmaßnahmen.

Frage:
Können Sie in diesem Zusammenhang, Herr Minister, ein paar Zahlen nennen?

Minister:
Nun, die Bundesanstalt für Arbeit unterhält beispielsweise 146 Außenstellen, also Arbeitsämter in allen größeren Städten und Gemeinden der Bundesrepublik Deutschland. In diesen Arbeitsämtern sind rund 56 000 Mitarbeiterinnen und Mitarbeiter tätig.

Zwei Zahlen scheinen mir aus dem Interview des Ministers bemerkenswert. Zum einen die 21,2 Milliarden Mark für arbeitsmarktpolitische Maßnahmen; diese Summe entspricht ziemlich genau dem Dreieinhalbfachen der deutschen Entwicklungshilfe. Und zum anderen die 56 000 Beschäftigten in den deutschen Arbeitsämtern; ihre Zahl liegt nur geringfügig unter den 60 000 Arbeitsplätzen, die etwa durch die Rückflüsse der deutschen Entwicklungshilfe gesichert werden. Mit anderen Worten: Allein die Bekämpfung der Arbeitslosigkeit schafft Arbeitsplätze.

Auf diesen Trick, liebe Hörerinnen und Hörer zu Hause, müssen wir in Subäquatoria erst noch kommen. Eine andere Komponente der Arbeitsmarktsituation hat die Bundesrepublik Deutschland – im übrigen auch andere Industrieländer – inzwischen von den Ländern der Dritten Welt übernommen: die eingangs erwähnte Teilzeitarbeit.
Zwischen fünf und 25 Millionen Arbeitnehmer sind in einzelnen Industrieländern nur teilweise beschäftigt, davon allein in den USA etwa elf, in der Europäischen Gemeinschaft mehr als neun Millionen Menschen. Der Anteil der Teilzeitbeschäftigten in der Bundesrepublik liegt bei fünf bis zehn Prozent – das sind zwischen 1,2 und 2,5 Millionen Menschen.
Hören Sie noch einmal den Bonner Minister, diesmal über besondere Aspekte der steigenden Teilzeitbeschäftigten in der Bundesrepublik.

Minister:
Nun, zunächst einmal: Teilzeitarbeit ist Sache jedes einzelnen Bürgers, wie er seinen Lebensstandard zu gestalten gedenkt. Andererseits aber ist sie auch ein Regulativmoment des Arbeitsmarktes. Will sagen: Mit der Aufteilung von Ganztags-Arbeitsplätzen in Halbtags-Arbeitsplätze können wir eine ganze Menge Arbeitsplätze zusätzlich schaffen – zumal Teilzeitbeschäftigte in der Bundesrepublik denselben arbeits- und sozialrechtlichen Schutz genießen wie Vollbeschäftigte.

In der Tat steigt die Zahl der Bundesbürger, die bewußt nicht voll durcharbeiten, um mehr freie Zeit für sich, ihre Familie, ihren privaten Lebensraum zu haben. Sie streben nach einem erfüllteren, alternativen Leben, in dem Arbeit gegen Bezahlung, das heißt der Verkauf ihrer Arbeitskraft, nur einen kleinen Platz einnimmt, den sie unbedingt brauchen, um Geld fürs Notwendige zu erhalten.

Viele von ihnen haben sich dabei die Entwicklungsländer zum Vorbild genommen, Länder, von denen sie glauben, daß die Menschen dort in Einklang mit ihrer Umgebung leben, in der Geborgenheit einer intakten Familie, in Selbstzufriedenheit und Glück.

Aber es gibt einen großen Unterschied. Teilzeitarbeit in den Entwicklungsländern ist eine traurige Realität für viele hundert Millionen Menschen. Etwa 40 Prozent der erwerbsfähigen Bevölkerung in der Dritten Welt sehnt sich danach, eine geregelte Arbeit und damit ein relativ sicheres Einkommen zu haben. In der Bundesrepublik Deutschland wird sie zum Luxusartikel, den man sich leisten kann, weil es den Menschen hier so gut geht. Hier heißt *Lebensqualität,* was bei uns *Lebensqual* ist.

Auf Wiederhören in einer Woche.

Fett statt fit

Nord-Süd-Dialog:
»Hauptsache, man redet miteinander.«

Liebe Hörerinnen und Hörer in der Heimat. Vor kurzem war ich in Brüssel, der Verwaltungs-Hauptstadt der Europäischen Gemeinschaft, der neun Länder des sogenannten »Alten« Kontinents angehören, darunter auch die Bundesrepublik Deutschland. Kurz vor diesem Besuch hörte ich, daß es im Europa der Neun besondere Naturphänomene geben soll: Fleisch- und Butterberge, Wein- und Milchseen.
Aber wer beschreibt das Erstaunen und maliziöse Lächeln, als ich Ortskundige in Brüssel nach dem Weg zu diesen Bergen und Seen fragte. Ich habe sie vergeblich gesucht. Sie existieren zwar, aber nicht in der freien Natur, sondern in riesigen Lagerhallen, Kellern und Silos der einzelnen Mitgliedsländer der EG. Und sie sind Ausdruck einer besonderen europäischen Politik, die darin besteht, für das gleiche doppelt zu bezahlen, damit wenigstens etwas herauskommt.

Die Landwirte in Europa leben nicht schlecht damit. Denn die EG subventioniert zunächst die Produktion von Fleisch, Milch und Butter oder Wein; und wenn die Bauern, weil ihre Produkte unter Garantie abgenommen werden, zuviel produzieren, subventioniert die EG anschließend die Vernichtung oder – im günstigeren Fall – den Billig-Verkauf dieser Erzeugnisse an andere Länder, in denen Mangel herrscht.
Für mich als den Angehörigen eines Entwicklungslandes ist es faszinierend, die Probleme einer Überflußgesellschaft zu sehen, in der bereits der Überfluß zum Problem geworden ist.
Zu diesen Problemen des Überflusses gehört auch das überflüssige Gewicht, das die Menschen in den Industrieländern – manche sprechen ironisch von »Rettungsringen« an Bauch und Hüften – mit sich herumschleppen. Darüber führte ich jüngst mit einem der zuständigen Staatssekretäre der Bundesregierung in Bonn das folgende Interview.

Frage:
Wenn man die mehr als 60 Millionen Menschen in der Bundesrepublik betrachtet, Herr Staatssekretär, wie ist eigentlich deren Ernährungs- und Gesundheitszustand?

Staatssekretär:
Sie sprechen da ein sehr gewichtiges Problem an. Denn der Ernährungszustand der Bevölkerung bereitet uns große Sorgen. Ein Drittel der Bevölkerung in diesem Land hat ein starkes Übergewicht, ein weiteres Drittel überschreitet das Idealgewicht; 25 Prozent aller Säuglinge und Kleinkinder sind schlicht zu fett. Dies ist einer der Gründe, warum jeder zweite Todesfall auf ernährungsabhängige Krankheiten – zum Beispiel Kreislauf-, Herz- oder Gehirngefäßerkrankungen – zurückzuführen ist.

Frage:
Haben Sie ausgerechnet, Herr Staatssekretär, was das kostet?

Staatssekretär:
Dies kann man logischerweise nicht auf Mark und Pfennig berechnen. Aber wir haben zuverlässige Schätzungen über die Kosten für ernährungsabhängige Krankheiten vornehmen lassen. Sie sprechen von rund 17 Milliarden Mark – pro Jahr.

Frage:
Abschließende Frage, Herr Staatssekretär: Wieviel Geld geben die Bundesbürger pro Monat für Essen und Trinken aus?

Staatssekretär:
Das kann ich Ihnen sogar pro Tag sagen. Ein durchschnittlicher Vier-Personen-Haushalt gibt an jedem Tag 5,41 Mark pro Person aus, um sich mit Nahrungs- und Genußmitteln zu versorgen. Fast ein Viertel dieser Summe entfällt auf Fleisch und Fleischwaren, das Hauptnahrungsmittel der Deutschen.

Das sind ganz schöne Summen, die durch die Mägen der Deutschen gehen. Im Vergleich zu diesen 5,41 Mark gibt jeder Bewohner dieses Landes übrigens 23 Pfennig pro Tag für Entwicklungshilfe – einen Betrag, den er gar nicht bemerkt, denn er wird von seinen Steuern genommen.
Die 17 Milliarden Mark für die Behandlung ernährungsbedingter Krankheiten entsprechen im übrigen ziemlich genau dem Dreifachen des Betrages, der insgesamt pro Jahr für Entwicklungshilfe zur Verfügung steht.
Von dieser Entwicklungshilfe kommt ein Teil der Bekämpfung des Hungers in der Welt zugute, der schätzungsweise 400 bis 500 Millionen Menschen täglich bedroht. So viele Menschen – sechs- bis achtmal mehr, als die Bundesrepublik Einwohner hat – sind katastrophal unter- oder völlig fehlernährt. In 61 Entwicklungsländern, also etwa in jedem zweiten Land der Dritten Welt, ist in den vergangenen zehn Jahren die Agrarproduktion pro Kopf der Bevölkerung zurückgegangen. Besonders schlimm sieht es dabei in Afrika aus, wo nach Angaben der Welternährungsorganisation FAO die Menschen heute über zehn Prozent weniger Nahrung verfügen als vor zehn Jahren.
Viele Millionen Tonnen Nahrungsmittel müssen Jahr für Jahr in diese Länder gebracht werden, um alle Einwohner einigermaßen ernähren zu können. Man hat ausgerechnet, daß der Getreide-Import Mitte der 80er Jahre zwischen 75 und 120 Millionen Tonnen und im Jahre 1990 sogar 125 bis knapp 200 Millionen Tonnen betragen wird.
Das sind fast unvorstellbare Mengen an Reis, Weizen, Mais, Hirse, Hafer, Gerste, Roggen, Mischgetreide, Wurzel- und Hülsenfrüchten, den Grundnahrungsmitteln in aller Welt.
Vorstellbar ist hingegen folgendes Rechenbeispiel: In den besonders armen Entwicklungsländern stehen pro Kopf der Bevölkerung täglich nur 91 Prozent der Kalorien zur Verfügung, die ein Mensch braucht, um einigermaßen statt zu werden und leben zu können. In den Industrieländern sind es 131 Prozent. Das Überangebot an Kalorien und die damit verbundenen Probleme sieht der Bonner Staatssekretär im übrigen so:

Staatssekretär:
Deutschlands Bürger sind seit einigen Jahren in zunehmendem Maße ernährungsbewußt; die »Freßwelle« ist schon lange vorbei. Aber noch immer nehmen sie zuviel Nahrungsenergie auf, die sie nicht in Bewegungsenergie umsetzen können. Die Ernährungsgewohnheiten haben sich noch immer nicht den veränderten, das heißt verminderten Tätigkeiten sowie den neuen Lebens- und Arbeitsbedingungen angepaßt. Daher verfolgt die Bundesregierung mit großer Sympathie die Bewegung der Trimmer und Jogger in diesem Land.

Ich habe große Mühe gehabt, liebe Hörerinnen und Hörer in Subäquatoria, in den umfangreichen und penibel geführten Archiven und Dokumentationsstellen der Deutschen eine Parallele zwischen dem Ernährungszustand der Menschen hierzulande und in der Dritten Welt zu finden. Schließlich bin ich auf die Mannequins gestoßen, jene superschlanken Wesen, deren Beruf darin besteht, anderen Menschen die Schönheit von Kleidern zu demonstrieren, um sie zum Kauf zu bewegen. Mehr als die Hälfte, nämlich 53 Prozent, der europäischen Mannequins sind unterernährt – allerdings freiwillig und nicht aus Not.
Sosehr dieser Vergleich als schizophren erscheinen mag, so sehr kann einem ein anderer Vergleich das Schaudern den Rücken hinunterjagen: Die Industrieländer haben mit ihrer Überschußproduktion an Nahrungsmitteln eine Machtposition inne, die über Leben und Tod von Millionen Menschen in der Dritten Welt entscheiden kann. Und es gibt nicht wenige Menschen, die die zerstörerische Macht dieser »Weizen-Bombe« als weitaus gefährlicher und friedensbedrohender ansehen als die Machtposition des OPEC-Kartells.
Auf Wiederhören in einer Woche.

Verbildete Bildung

Frohe Botschaft von den Vereinten Nationen

Liebe Hörerinnen und Hörer in der Heimat. Jedes Jahr findet in der ersten Hälfte des Monats Oktober die »Frankfurter Buchmesse« statt. Als ich vor einigen Tagen durch die Ausstellungshallen dieser Monsterschau in der Main-Metropole schlenderte, wunderte ich mich über die Sprache der Menschen, die mit Büchern Geschäfte machen. Es war wohl Deutsch, was da gesprochen wurde, aber die entscheidenden Worte stammten aus dem Englischen: Paperback für Taschenbuch, Hardcover für Bücher mit festem Einband; Reader für Sammlungen von Aufsätzen, Reden oder Essays. Ferner war die Rede von Selling, Marketing, Management und Promotion – alles für Bestseller. Es scheint, als hätten die Amerikaner den Deutschen, die in der Welt als »Volk der Dichter und Denker« gelten, eine massive Entwicklungshilfe im Bildungsbereich gegeben.

Okay. Die »Verfremdung« der deutschen Sprache ist eine Sache; eine andere ist das Bildungssystem, das in der Bundesrepublik existiert. Die Deutschen verfügen über ein Bildungssystem, das nahezu ein Viertel der Gesamtbevölkerung ständig auf Schul- und Unterrichtsbänken sitzen läßt. Etwa 15 der 61,3 Millionen Menschen hierzulande sind Schüler, Berufsschüler, Auszubildende, Studenten oder Teilnehmer an Abendschulkursen. Mehr als 38 000 Schulen und rund 23 000 Kindergärten gibt es in den Städten und Gemeinden des Landes. Über eine halbe Million Bundesbürger sind Lehrer – einer für 125.

Über diesen phantastischen Bildungsaufwand sprach ich jüngst mit dem Bonner Minister für Bildung und Wissenschaft, der zwar – wegen der Kulturhoheit der elf Bundesländer – fast keine Zuständigkeiten und Kompetenzen hat, aber über eine Menge Geld und Informationen verfügt.

Frage:
Welche Bedeutung, Herr Minister, mißt die Bundesregierung den Bereichen von Bildung und Erziehung bei?

Minister:
Um es in Abwandlung eines tradierten Ausspruchs eines berühmten deutschen Generals der Vergangenheit zu umschreiben, ja zu präzisieren, würde ich sagen wollen: Die Schule ist die Schule der Nation. Wie Sie wissen, legen wir, die Bundesregierung, aber auch die Landesregierungen, größten Wert auf eine solide, die Entwicklung gerade unserer jungen Mitbürger in allen Bereichen und Facetten ihrer Persönlichkeit unterstützende Bildungsarbeit.

Frage:
Was wird in der Bundesrepublik konkret im gesamten Bildungsbereich getan, Herr Minister?

Minister:
Da das Sprichwort der alten Römer »pecunia non olet« gerade in der modernen Gegenwart seine Aussagekraft nicht verloren hat, ja sogar an Gültigkeit zuzunehmen scheint, will ich diese Frage gerne beantworten: Bund, Länder und Gemeinden haben im Jahre 1978 – dies ist die derzeit greifbare Zahl – 104 Milliarden Mark für alle Bildungsaufgaben zusammen ausgegeben; noch vor einem Jahrzehnt waren es lediglich 47 Milliarden Mark.

Für den Angehörigen eines Entwicklungslandes sind diese Summen unvorstellbar hoch. Über 100 Milliarden Mark – das entspricht einem Anteil von mehr als acht Prozent am Bruttosozialprodukt, das heißt an der Summe aller Güter und Dienstleistungen, die hierzulande erarbeitet werden. 100 Milliarden Mark entsprechen ferner fast dem Zwanzigfachen des Betrags, den die Bundesrepublik Deutschland pro Jahr für Entwicklungshilfe ausgibt.

Wie tief der Graben zwischen der Ersten und der Dritten Welt ist, wird gerade im Bildungsbereich deutlich. Die Organisation der Vereinten Nationen für Erziehung, Wissenschaft und Kultur, UNESCO, hat dies für das Jahr 1975 ausgerechnet: Pro Kopf der Bevölkerung gaben damals die Entwicklungsländer 20 Dollar für die Erziehung aus, die Industrieländer knapp 270 Dollar, also das Dreizehneinhalbfache!

Wissen ist Macht, sagt ein deutsches Sprichwort. Was es nicht sagt, heißt: Um Wissen zu erwerben, braucht man neben eigenem Wissen auch Geld. Dies ist einer der Gründe, warum wir in den Entwicklungsländern benachteiligt sind. Und diese Benachteiligung steigt weiter. Die Karte des Analphabetentums deckt sich mit der Karte der Armut in der Welt. Mehr als 800 Millionen Menschen in den Entwicklungsländern können nicht lesen und schreiben, sie sind Analphabeten (von ihnen sind im übrigen 60 Prozent Frauen). Und es steht zu befürchten, daß diese Zahl der Analphabeten bis zum Ende dieses Jahrzehnts auf knapp 900 Millionen steigen wird.

Um das Analphabetentum an der Wurzel zu fassen, müßte es eigentlich allen Kindern in den Entwicklungsländern, auch bei uns zu Hause in Subäquatoria, ermöglicht werden, zumindest die Grundschule – hier in der Bundesrepublik hieß sie bis vor wenigen Jahren »Volksschule« – zu besuchen. Bis dahin ist noch ein langer, langer Weg. Denn in den meisten Ländern der Dritten Welt vollenden höchstens vier von zehn Kindern die Grundschule; beinahe ein Viertel aller Jugendlichen geht ohne jegliche Schulung ins Berufsleben, falls sie überhaupt einen Arbeitsplatz finden. Und: Während in den Industrieländern die Zahl der Menschen, die jünger als 15 Jahre sind, einen Anteil von lediglich 24 Prozent an der Gesamtbevölkerung haben, sind es in den Entwicklungsländern 44 Prozent.

Eine 100-Prozent-Quote von Alphabeten, wie sie die Bundesrepublik Deutschland hat, sagt allerdings noch lange nichts über den wahren Bildungsstand des Landes aus. Ich meine dabei nicht die sogenannte »Herzensbildung«, eine Tugend, um die uns viele Menschen der Industrienationen manchmal sehnsüchtig, selbstkritisch und traurig beneiden. Ich meine etwas anderes, über das ich – im Zusammenhang mit der Frankfurter Buchmesse – ebenfalls mit dem Bonner Bildungsminister sprach.

Frage:
Der deutsche Bücherberg, Herr Minister, ist im abgelaufenen Jahr wiederum höher geworden. Voll Stolz melden die Verlage neue Produktionsrekorde: Mehr als 62000 Titel wurden hergestellt, darunter 50000 Erstauflagen. Wer liest eigentlich diese Bücher? Setzt sich das in ihnen gedruckte Wissen im Leben der Menschen um?

Minister:
Ich weiß nicht, ob Sie die Bezeichnung »Zierde meines Bücherschranks« kennen. Ich glaube, sie hat ihre Bedeutung, ich meine ihre traurige Gültigkeit – im wahrsten Sinne des Wortes.
Bücher als Statussymbole und die Kommerzialisierung des Buchmarktes sind zwei Zeichen für den Entwicklungsstand der bundesdeutschen Bevölkerung, der wiederum ursächlich mit den ständigen Reformbemühungen im gesamten Bildungsbereich zusammenhängt. Es gibt eine sehr simple, aber richtige Faustregel: Wer lesen kan, hat bessere persönliche und berufliche Entwicklungschancen.
In diesem Sinne ist die Bundesrepublik Deutschland ein ausgesprochenes Entwicklungsland. Seriöse Quellen sprechen davon, daß hier – wie in den meisten anderen Industrieländern – etwa 40 Prozent der Bevölkerung sogenannte »funktionale Analphabeten« sind; sie sind lediglich in der Lage, Comics oder Groschen-Heftchen zu entziffern – oder die »Bild-Zeitung«, deren Auflage aus einsichtigen Gründen schwindelerregende Millionen-Ziffern erreicht.
Auf Wiederhören in einer Woche.

Dauer-brenner: Wärmemüll

Nord-Süd-Dialog

Liebe Hörerinnen und Hörer in der Heimat. Eines der vielen Wörter, die innerhalb kurzer Zeit in die deutsche Umgangssprache eingegangen sind, heißt: Energiesparen. Beim flüchtigen Hinhören möchte man meinen, die Deutschen hätten ihren ausgeprägten Sparwillen zur Sparwut gesteigert – Sparen mit Energie, was man angesichts von 500 Milliarden Mark auf den privaten Bankkonten vermuten könnte. Doch heißt Energiesparen nicht *mit,* sondern *an* Energie sparen. Und dies hat seine Ursache in der, wie man die Preissteigerungen der OPEC-Länder hierzulande nennt, ersten und zweiten Erdölkrise der Jahre 1973/74 und 1979/80.

Die Tatsache, daß die erdölexportierenden Länder der Dritten Welt einen angemessenen Preis für ihr Produkt fordern, macht sich im Geldbeutel der Bundesbürger bemerkbar: Heizöl, Normalbenzin, Super und Diesel sind teurer geworden. Allein in den vergangenen zwei Jahren hat sich die Ölrechnung der Deutschen verdoppelt: von 30 Milliarden Mark im Jahre 1978 auf zirka 65 Milliarden Mark im Jahre 1980; davon ging allerdings ein Gutteil auch auf die Konten der großen »Öl-Multis«, deren Bilanzen beispielsweise im Jahre 1979 eine Steigerung von guten 60 Prozent auf der Habenseite aufzuweisen hatten.

Die Reaktionen der Bundesrepublik Deutschland auf das knapper und teurer werdende Öl sind, vergleicht man sie mit dem Krisengerede, erstaunlich maßvoll. Wie es einem reichen Land zukommt, werden Milliardenbeträge in steuerliche Erleichterungen für energiesparende Maßnahmen sowie in Forschungsvorhaben über die rationellere Anwendung von Energie gepumpt. Mit weiteren Millionenbeträgen wird Aufklärung betrieben: Broschüren, Anzeigen, Aufkleber und Poster. Zumindest die Werbeagenturen verdienen gut an der Energiesparwelle.

Über diese und andere Konsequenzen sprach ich jüngst in Bonn mit einem der zuständigen Bundesminister, einem Politiker der jüngeren Generation, der eine knappe Sprache pflegt.

Frage:
Welche Schlußfolgerungen, Herr Minister, hat die Bundesrepublik aus der internationalen Energiesituation gezogen?

Minister:
Wie Sie sich leicht vorstellen können, müssen wir auf dem Gebiet der Energieversorgung heute die entscheidende Weichenstellung für die Bundesrepublik Deutschland bis zum Jahr 2000 und für die folgenden Jahrzehnte vornehmen.

Frage:
Was heißt das konkret, Herr Minister?

Minister:
Das heißt in heutiger Sicht ganz konkret: Die beste und ergiebigste Energiequelle ist für unser Land das Energiesparen.

Frage:
Wie das?

Minister:
Die Antwort ist sehr einfach. Der Anteil der Nutzenergie am derzeitigen Energieversorgungssystem der Bundesrepublik liegt bei 33 Prozent.

Frage:
Und was geschieht mit dem stattlichen Rest?

Minister:
Der Rest, nämlich 67 Prozent, ist sogenannter »Wärmemüll« – Energie, die im doppelten Sinne des Wortes durch den Schornstein geht.

Mich als den Angehörigen eines Entwicklungslandes, liebe Hörerinnen und Hörer in Subäquatoria, bringt der Blick auf die deutsche »Wärmemüllhalde« zum Schwitzen. Während in der Bundesrepublik und anderen Industrieländern von der Energiekrise geredet wird, ist in den allermeisten Ländern der Dritten Welt die Energiekrise bereits brutale Wirklichkeit.

Schauen wir uns dazu einmal den Energiekonsum in der Welt an. Die Entwicklungsländer, in denen etwa drei Viertel aller Menschen leben, verbrauchen zehn Prozent der Weltenergie; die Industrieländer, in denen zehn Prozent aller Menschen leben, hingegen 60 Prozent der Energie, davon allein die USA die Hälfte. Auf die Einwohner der verschiedenen Länder umgerechnet, heißt das: Ein Nordamerikaner verbraucht doppelt soviel Energie wie ein Deutscher, dreimal mehr als ein Schweizer oder Österreicher – und 60mal mehr als ein Inder, 160mal mehr als ein Tansanier und 1100mal mehr als ein Bewohner des zentralafrikanischen Ruanda.

Staaten wie unser Heimatland Subäquatoria, die weder über Erdöl und Erdgas noch über andere Energiequellen verfügen, sind von der Energiekrise dreifach betroffen. Wir zahlen die höheren Erdölpreise, wir zahlen mehr für die infolge dieser Kosten ebenfalls verteuerten Importe aus den Industrieländern, und wir sind gezwungen, das bißchen Energiepotential, das wir haben, schneller zu verbrauchen, als wir eigentlich dürften. Ich rede vom Holz. In Subäquatoria wie in vielen anderen Ländern der Dritten Welt müssen die Familien häufig ein Viertel bis ein Drittel ihres ohnehin geringen Einkommens dafür ausgeben, um Brennholz zum Kochen zu erhalten. Daß dieser Raubbau an den Wäldern verheerende Folgen für unsere Umwelt, für die Bodenfruchtbarkeit, den Wasserhaushalt und das Klima hat, sei hier nur am Rande erwähnt.

Verschärft wird die Energiesituation für alle Länder durch die verstärkte Nachfrage. In deutschen Zeitungen habe ich vor kurzem gelesen, daß das Erdöl – je nach Grad der Förderung – noch 20 bis 35 Jahre verfügbar sein dürfte, Erdgas noch 30 bis 65 Jahre. Dann ist, wie ein Sprichwort hierzulande sagt, der Ofen aus.

Was tut die Bundesrepublik Deutschland, um diese Probleme in den Griff zu bekommen? Hören wir dazu noch einmal den jungen Bonner Minister.

Minister:
Das Hauptziel der deutschen Energiepolitik heißt: »Weg vom Öl«. Und dies ist uns seit der ersten Ölkrise recht gut gelungen. Denn: Trotz eines starken Wachstums der Wirtschaft, trotz einer enormen Zunahme von Autos und Lastwagen und trotz des Baus vieler neuer Wohnungen haben wir in den vergangenen Jahren unsere Abhängigkeit vom Öl verringern können. Noch im Jahre 1973 betrug der Anteil des Erdöls am gesamten deutschen Energieverbrauch 55 Prozent; in diesem Jahr – 1980 – lag er bei 47 Prozent.
Dabei hat die Bundesregierung nicht den Blick für die Entwicklungsländer verloren, deren Energiebedarf größer und größer wird. Knapp 770 Millionen Mark sagten wir den Ländern der Dritten Welt in diesem Jahr für Energieprojekte aller Art zu; weitere 73 Millionen Mark stellen wir für die Förderung nicht-erschöpflicher Energiequellen – wie Sonne, Wind oder Biomasse – bereit.

Das hört sich recht gut an, was der Minister sagt. Aber man darf dabei – gerade aus der Sicht der Dritten Welt – nicht den Blick für Relationen und Realitäten verlieren. 850 Millionen Mark deutscher Entwicklungshilfe für Energieprojekte sind für die Dritte Welt nur ein Öltropfen in einem ansonsten fast leeren Faß.

Denn unsere Ölrechnung sieht so aus: Während die Entwicklungsländer, die über kein Erdöl verfügen, im Jahre 1973 lediglich acht Milliarden Dollar für den Import dieses lebensnotwendigen Saftes ausgaben, müssen sie zur Zeit fast das Zehnfache, nämlich knapp 80 Milliarden Dollar, auf den Tisch legen. Und das ist mehr als das Doppelte des Betrages, der ihnen in diesem Jahr an Entwicklungshilfe zukommen wird.
Auf Wiederhören in einer Woche – aus einem gutgeheizten Studio.

Zu Gast in einem fremden Land

SO SIND DEINE URGROSSELTERN AUCH MAL RUM-GELAUFEN!

Liebe Hörerinnen und Hörer in der Heimat. Eines der schönsten Worte der deutschen Sprache ist das Wort »Gastfreundschaft«. Es sagt für mein Verständnis ganz klar und ohne Doppeldeutigkeit aus, was gemeint ist. Und Gäste hat die Bundesrepublik in großer Zahl.
Mehr als vier Millionen Ausländer leben in diesem Land; etwa jeder fünfzehnte der 61,3 Millionen Einwohner besitzt nicht die deutsche Staatsangehörigkeit. Die meisten von ihnen sind sogenannte »Gastarbeiter« – ein Wort, dessen Sinn ich hinwiederum nicht ganz verstehe, denn wie kann man gleichzeitig Gast sein und arbeiten müssen . . .
Viele ausländische Arbeitnehmer stammen aus südeuropäischen Ländern, aus der Türkei, aus Jugoslawien, Italien oder Griechenland, andere aus nordafrikanischen oder fernöstlichen Staaten. Groß ist auch die Zahl der Flüchtlinge und Asylsuchenden, der Studenten, Praktikanten und Stipendiaten mit anderer Hautfarbe.
Mit einem, der Gast in einem fremden Land ist, habe ich mich kürzlich über die Motive unterhalten, seine Heimat zu verlassen.

Frage:
Sie leben seit geraumer Zeit in diesem Land. Warum?

Mann:
Ich bin aus mehreren Gründen hierher gekommen. Einmal, weil ich glaube, hier interessante Arbeitsmöglichkeiten zu haben, und weil ich hier gutes Geld verdienen kann. Und dann ist dies ein schönes und reizvolles Land. Und die Menschen sind nett, wirklich sehr nett und entgegenkommend.

Die Bundesrepublik ist ein schönes Land. Sie ist auch ein Land, in dem hart gearbeitet wird. Sie ist ein voll industrialisiertes, reiches und hochentwickeltes Land.
Einen nicht unerheblichen Beitrag zur Entwicklung der Bundesrepublik haben die ausländischen Arbeitnehmer geleistet; und sie leisten ihn noch immer. Fast zwei Millionen Ausländer haben hier Arbeit gefunden – das sind knapp zehn Prozent aller Beschäftigten in der Bundesrepublik. Ohne sie würde die deutsche Wirtschaft längst nicht so gut funktionieren, wie sie es tut.
Nichtsdestoweniger ist in deutschen Zeitungen und Zeitschriften seit einiger Zeit zu lesen, der Fremdenhaß – ein übrigens ebenso eindeutiges Wort wie Gastfreundschaft – nehme zu. Da persönliche Erfahrungen häufig mehr aussagen als bedrucktes Papier, habe ich zu diesem Thema wiederum einen Betroffenen befragt. Hören Sie meinen Gesprächspartner von vorhin:

Mann:
Wie ich mich in diesem Land fühle, wollen Sie wissen. Offen gesagt: Ich bin hier mit ausgestreckten Händen aufgenommen worden. Mit den Kollegen am Arbeitsplatz verstehe ich mich – trotz sprachlicher Schwierigkeiten – bestens. Auch meine Frau und die Kinder fühlen sich sehr wohl.

Frage:
Können Sie unseren Hörern schildern, wie Ihr Kontakt mit den Menschen hierzulande ist?

Mann:
Ich sagte doch schon: sehr gut. Ich will Ihnen einige Beispiele erzählen. Als ich unsere Wohnung mietete, dachte ich, der Hausbesitzer würde mich allein wegen meiner anderen Hautfarbe übers Ohr hauen; zu Hause hatten mich Bekannte gewarnt, die schon einmal hier waren. Aber dem war nicht so. Wir tranken einen Tee zusammen, als wir über den Mietvertrag redeten. Und wie ich von anderen ausländischen Bekannten, die ebenfalls hier leben, weiß, zahle ich eine faire Miete.
Oder nehmen Sie die Restaurants. Wenn ich mit meiner Frau und den Kindern ins Restaurant komme, bringt der Kellner sofort für unseren Jüngsten – der ist anderthalb Jahre alt – ein Hochstühlchen. Und wenn der Kleine schreit, beschwert sich keiner von den anderen Gästen.
Oder meine Frau. Wenn sie in den Supermarkt einkaufen geht, gucken die anderen Kunden, weil sie eine andere Hautfarbe hat. Das ist ja verständlich. Aber die Verkäuferinnen helfen ihr sofort, wenn sie etwas nicht gleich in den Regalen findet.

Frage:
Noch eine Frage: Haben Sie privaten Kontakt zu Arbeitskollegen, Nachbarn oder anderen einheimischen Bekannten?

Mann:
Aber sicher. Wir sind von Hause aus recht gesellig. Und deshalb haben wir oft Gäste in unserer Wohnung, oder wir sind bei Kollegen und Bekannten eingeladen.

Viele ausländische Arbeitnehmer und ihre Familien leben schon seit geraumer Zeit in der Bundesrepublik; zwei Drittel von ihnen länger als sechs Jahre, und von diesen wiederum ein Großteil sogar schon länger als zehn Jahre. Dies macht klar, warum gerade die Kinder der ausländischen Arbeitnehmer besondere Probleme haben: mit der Sprache ihrer Eltern und der deutschen; mit den strengen Sitten ihrer Familien und den so anderen Sitten ihrer deutschen Altersgenossen; mit der Kultur und Tradition ihres Heimatlandes, das sie häufig noch nicht einmal besucht haben, und der tagtäglichen Umwelt in der Bundesrepublik.

Aber auch in Schule und Beruf sind die jungen Ausländer, wie Untersuchungen der Bundesregierung und der Regierungen der elf Bundesländer ergeben haben, gegenüber den deutschen Kindern und Jugendlichen benachteiligt. Das fängt bei den Kindergärten an, die 70 Prozent der ausländischen Kinder nicht besuchen. Von den fast 500 000 schulpflichtigen ausländischen Kindern gehen 20 Prozent – also 100 000 – nicht auf eine allgemeinbildende Schule; und von den ausländischen Kindern, die in der Hauptschule sind, erreichen über 50 Prozent keinen Abschluß. Bei der Berufsausbildung setzt sich die Benachteiligung fort: Denn mehr als zwei Drittel der jährlich rund 45 000 Schulabgänger erhalten keine Berufsausbildung.
Hören Sie zu diesem Themenbereich noch einmal meinen heutigen Gesprächspartner.

Mann:
Also, was meine Kinder angeht: Die fühlen sich in diesem Land ebenfalls sehr wohl. Die beiden Großen sind in der Schule sehr gut aufgenommen worden. Lehrer und Mitschüler helfen ihnen beim Lernen – die neue Sprache und andere Fächer als zu Hause, Sie wissen schon. Und ansonsten haben sie sehr schnell Kontakt zu gleichaltrigen Freunden gefunden. Die stecken den ganzen Tag zusammen.

Soweit mein heutiger Interviewpartner. Lassen Sie mich zum Abschluß als Betroffener eine persönliche Bewertung über meine Erfahrungen in der Bundesrepublik Deutschland geben. Es ist immer problematisch, Gast in einem fremden Land zu sein. Beide Seiten – Fremde und Einheimische – müssen sich deshalb große Mühe geben, aufeinander zuzugehen, einander zu verstehen, nebeneinander zu leben und zu arbeiten. Wenn dieser Wille vorhanden ist, sind die Chancen gut, daß daraus ein Miteinander wird.
Auf Wiederhören in einer Woche.

Ansagerin:
Abschließend noch ein Wort in eigener Sache. Wenige Minuten vor dem Sendetermin teilte uns Daniel Leu telefonisch mit, daß er die Tonbänder seiner Interviews verwechselt habe. Sein heutiger Gesprächspartner war nicht ein Ausländer in der Bundesrepublik, sondern ein Deutscher in Subäquatoria. Wir bitten dieses Versehen zu entschuldigen.

Wohin der Groschen fällt

»Glauben Sie mir, Meier, das Allerwichtigste bei der Entwicklungshilfe ist Einfühlungsvermögen.«

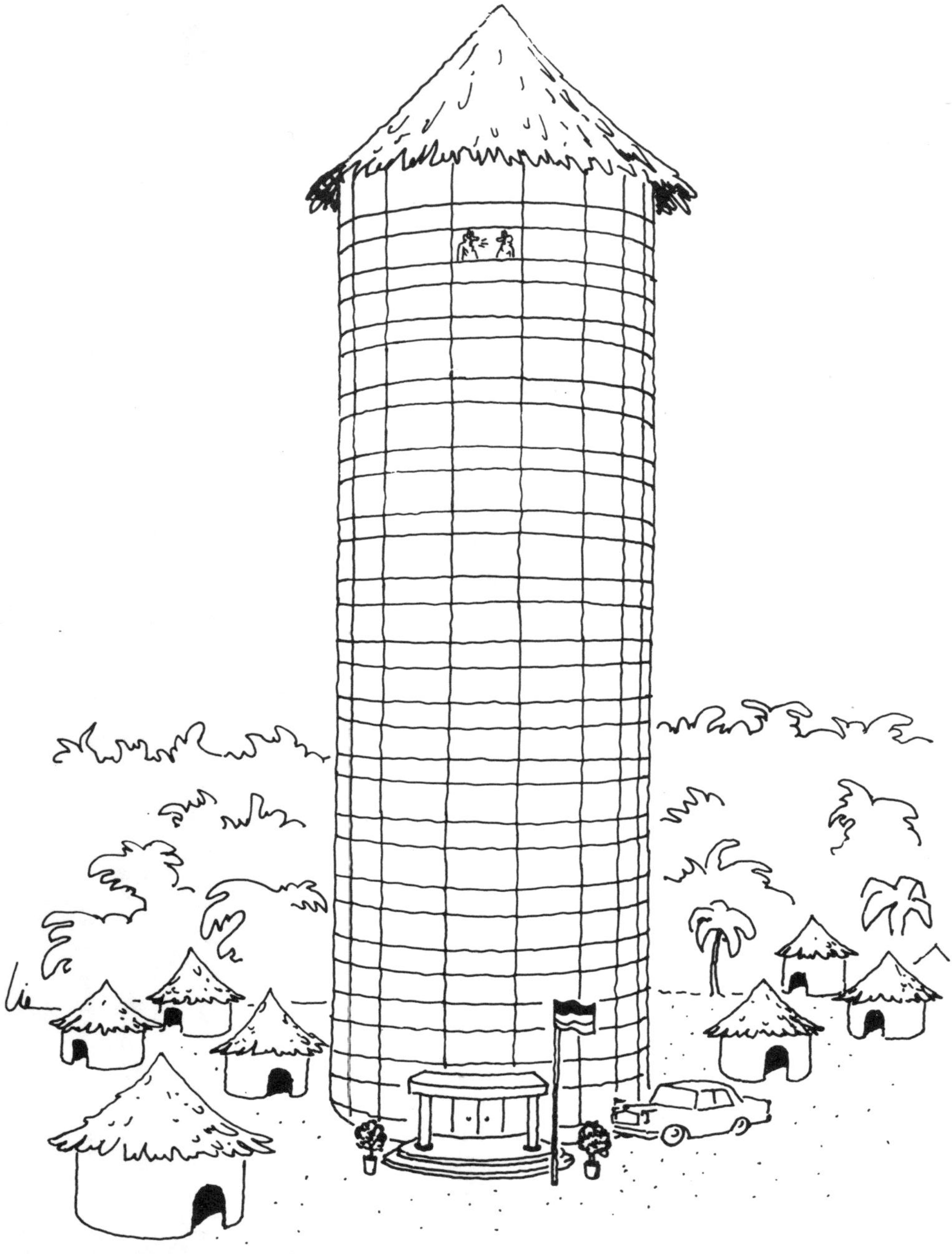

Liebe Hörerinnen und Hörer in der Heimat. Das Wort »Ruine« hat in Deutschland mehrere Bedeutungen. Eine davon betrifft – besonders die ältere Generation weiß das sehr genau – eine schmerzhaft-traurige, manchmal fast sehnsuchtsvolle Erinnerung an die Jahre nach dem Ende des Zweiten Weltkriegs: Trümmerruinen. Ihre Beseitigung in fast allen größeren Städten des Landes war eine der Grundlagen für den erfolgreichen Wiederaufbau Deutschlands.

Eine andere Bedeutung hat das Wort Ruine im Zusammenhang mit alten Schlössern, Burgen, Kastellen und Stiften. Diese Ruinen, häufig an Flüssen wie dem Rhein gelegen, sind romantischer Anziehungspunkt für viele Deutsche und besonders für Gäste aus Amerika. Nicht selten stehen sie sogar unter Denkmalschutz – man läßt es sich viel Geld kosten, Ruinen zu erhalten.

Seit einiger Zeit ist viel von einer dritten Verwendung des Wortes Ruine zu lesen und zu hören: von Entwicklungsruinen. Diese Bezeichnung spielt sehr direkt auf die Entwicklungsländer an – nach dem unterschwelligen Motto: Alles, was mit Entwicklungshilfe zu tun hat, muß schlecht sein; es fehlt das richtige Machen und Können.

Management, Planung und Effizienz werden großgeschrieben in der Bundesrepublik. Erfolgreiche Unternehmens- und Unternehmerpolitik sind eine der Grundlagen für das deutsche Wirtschaftswunder nach dem Krieg und für die enorme wirtschaftliche Stabilität, die das Land auch in den weltwirtschaftlichen Krisenzeiten der vergangenen Jahre bewiesen hat.

Über die Bedeutung eines guten Managements sprach ich jüngst mit einem selbstbewußten Top-Manager eines deutschen Großunternehmens.

Frage:
Sie sitzen in der Chefetage einer deutschen Firma, die viele Zweigwerke in der Bundesrepublik hat und einen Großteil des Marktes beherrscht. Welche Voraussetzungen muß man mitbringen, um ein erfolgreicher Manager zu sein?

Manager:
Die Qualität eines Managers beweist sich durch den Erfolg. Nur wer Erfolg hat, ist gut. Dafür muß man hart arbeiten. Hin und wieder braucht man allerdings auch ein bißchen Glück.

Frage:
Das kann doch nicht alles sein. Können Sie uns nicht ein Beispiel für erfolgreiches Management nennen?

Manager:
Gerne. Wenn wir eine neue Fabrik bauen wollen, die ein neues Produkt herstellen soll, machen wir zunächst eine Prefeasibility-, sodann eine Feasibility-Studie, um die Bedingungen des Markes, die Akzeptanzbereitschaft der Käufer und die Standortvor- und -nachteile des Werkes zu untersuchen. Fällt dies alles positiv aus, gehen wir mit unserem elektronischen Großrechner an die weiteren Detailuntersuchungen. Stimmen alle Voraussetzungen und klappt das Marketing, läuft der Rest von alleine.

Frage:
Und was ist dann für Sie schlechtes Management?

Manager:
Diese Frage ist einfach zu beantworten: Schlechtes Management ist, wenn alles nicht klappt. Dann haben Sie plötzlich ein Stahlwerk mitten in der Wüste – wie in vielen Entwicklungsländern.

Eine Wüste gibt es, wie Sie, liebe Hörerinnen und Hörer zu Hause, am besten wissen, in Subäquatoria. Aber ein Stahlwerk habe ich dort noch nicht entdecken können. Mir scheint dieses Wort von dem »Stahlwerk in der Wüste« in die gleiche historische Rumpelkammer zu gehören wie das angeblich aus Entwicklungshilfe-Geldern finanzierte goldene Bett eines afrikanischen Ministers.
Einen anderen Satz habe ich jedoch in diesem Zusammenhang gefunden, der mich nachdenklich stimmt, einen Satz aus dem Munde eines Präsidenten. Er lautet (ich zitiere): »Über das ganze Land verteilt stehen sie herum, die Denkmäler der Unfähigkeit und Planlosigkeit!« Der Mann, der mit diesen Worten die Verschwendung von Geld geißelt, ist der Präsident des Bundes der Steuerzahler. Und er meint Entwicklungsruinen in der Bundesrepublik, nicht in Ländern der Dritten Welt.

Jahr für Jahr veröffentlicht der Bund der Steuerzahler ein »Schwarzbuch über die öffentliche Verschwendung«. In dieser, keineswegs vollständigen Statistik des Mißmanagements finden sich einige Hinweise auf Entwicklungsruinen, die ein Vertreter eines Entwicklungslandes wie ich in einem Industrieland kaum anzutreffen glaubt. Einige Beispiele: In Konstanz gibt es eine Autobahnbrücke ohne Autobahn, in Saarbrükken eine Brücke über die Saar ohne Anschlußstraße; in Ellerbek bricht eine Tennishalle zusammen, in Nordenham stürzt eine Klassenzimmerdecke ein; in Maintal-Hochstadt werden sieben Millionen Mark für ein Krankenhaus ausgegeben, das es dann doch nicht gibt.

Neben diesen Bau- und Finanzskandalen – gerade die Berliner können ein Lied davon singen – greifen deutsche Zeitungen hin und wieder Planungsskandale auf: Am bekanntesten sind die Kostenexplosionen für große Ausstellungen – wie die Internationale Gartenausstellung in München, die Bundesgartenschau in Bonn oder die Internationale Bauausstellung in Berlin. Auch die Kosten für den seit Jahrzehnten geplanten Wiederaufbau der Alten Oper in Frankfurt haben die ursprünglichen Voranschläge um einige hundert Prozent überschritten.
Warum dies so ist – dafür gibt es eine einleuchtende, allerdings kaum akzeptable Erklärung. Mißwirtschaft mit Steuergeldern steht hierzulande nicht unter Strafe. Mit anderen Worten: Weder wird Sparsamkeit belohnt noch wird Verschwendung geahndet.
Hören Sie zu diesem Themenbereich noch einmal meinen heutigen Interviewpartner.

Manager:
Als Manager muß man eines immer berücksichtigen: Planung und Pannen gehören zusammen. Denn alle Projekte werden von Menschen gemacht, und Menschen machen Fehler. Man fängt eine Geschichte an – und am Ende sieht alles ganz anders aus, als es ursprünglich vorgesehen war. Damit muß man leben.

Damit ist der Groschen gefallen. Mit Planungsfehlern müssen wir in Subäquatoria wie in allen anderen Entwicklungsländern auch leben. Und dies ist ein Punkt, wo wir von den Industrieländern lernen können.

Wir können uns keine Pannen wie die Bundesrepublik Deutschland erlauben, Pannen, die so aussehen: Atommüll wird produziert, und keiner weiß, wohin damit; Krankenhäuser haben entweder nicht genug Patienten oder nicht genug Ärzte und Pflegepersonal; Schüler haben zuwenig Lehrer, und andererseits sind Tausende von Lehrern arbeitslos; die Dammkrone eines Deiches bricht, bevor noch das erste Schiff gefahren ist; manche Arbeitslose leben von der Arbeitslosenunterstützung besser als von einem normalen Einkommen; etwa 10000 Pleiten werden jährlich registriert. Und so weiter, und so fort. Gäb's das alles auch bei uns, wären wir kein Entwicklungsland mehr.

Auf Wiederhören in einer Woche.

Eine Mehrheit in der Minderheit

»Und wer spült?«

Liebe Hörerinnen und Hörer in der Heimat. Das Wort Gleichberechtigung gehört in der Bundesrepublik Deutschland zum gängigen Vokabular eines jeden Durchschnittspolitikers. Es wird jedoch niemals alleine oder für sich verwendet, sondern stets im Zusammenhang mit etwas – Gleichberechtigung in oder am oder vor oder zum ... Ein paar Beispiele für das, was ich meine: Im Jahre 1918 erhielten die Frauen in Deutschland die Gleichberechtigung *beim* Wählen; im Sommer 1980 wurde das Gesetz über die Gleichberechtigung von Männern und Frauen *am* Arbeitsplatz verkündet; bis 1984 – so schreibt es ein Urteil des Bundesverfassungsgerichts vor – muß die Gleichberechtigung *bei* der Hinterbliebenenrente vom Parlament geregelt werden.

Nur im Grundgesetz der Bundesrepublik Deutschland steht lapidar: »Männer und Frauen sind gleichberechtigt.« Ohne die Väter der deutschen Verfassung – warum sagt man eigentlich nicht: Väter und Mütter der Verfassung? – ohne also die Väter der deutschen Verfassung kritisieren zu wollen, frage ich mich manchmal, warum es nicht heißt: »Frauen und Männer sind gleichberechtigt«. Denn die Frauen sind in diesem Land die Mehrheit: Von den 61,3 Millionen Einwohnern gehören 32,2 dem weiblichen und nur 29,1 Millionen dem männlichen Geschlecht an. Frauen sind eine machtvolle Mehrheit – sollte man meinen. Doch weit gefehlt. Sie müssen in der Bundesrepublik eher als Minderheit bezeichnet werden. Betrachten wir nur einmal die Arbeitswelt, wo die Frauen an der Gesamtzahl der Beschäftigten einen Anteil von 36,5 Prozent haben. Der Verdienst, den Frauen in ihrer Lohn- oder Gehaltstüte am Wochen- oder Monatsende nach Hause tragen, ist geringer als das Einkommen der Männer. Der Stundenlohn eines Industriearbeiters in Deutschland lag 1979/80 bei etwas über 13 Mark, der einer Industriearbeiterin bei gut 9,50 Mark – ein Unterschied also von fast 30 Prozent! Und wenn man sich die Arbeitsplätze selbst anschaut, so ist festzustellen: Frauen werden vorwiegend an Arbeitsplätzen beschäftigt, die durch monotone und einseitig belastende Tätigkeiten gekennzeichnet sind.

Über die Frauenpolitik in Deutschland sprach ich vor kurzem mit einem Bonner Staatssekretär. Weil Männer zu mehr als 90 Prozent der interessanten Posten in der Politik besetzt halten, war es mir leider nicht möglich, eine kompetente Frau vor das Mikrofon zu bekommen.

Frage:
Wie sieht, Herr Staatssekretär, die Frauenpolitik der Bundesregierung aus?

Staatssekretär:
Sie sprechen da ein sehr schwieriges und komplexes Thema an. Die Bundesregierung hat im Jahre 1979 eine »Stabsstelle für Frauenpolitik« eingerichtet, deren Leiter selbstredend eine Frau ist. Ihre Aufgabe besteht darin, über die Durchsetzung der tatsächlichen Chancengleichheit der Frauen in Deutschland zu wachen. Wir haben die rechtliche und politische Gleichstellung, wie Sie wissen, erreicht; von der Gleichberechtigung in der Praxis sind wir allerdings noch ein gutes Stück entfernt.

Frage:
Was hat die Bundesregierung in dieser Hinsicht in den vergangenen Jahren getan?

Staatssekretär:
Wir haben eine Fülle von »frauenfreundlichen« Maßnahmen eingeleitet. Ich nenne nur ein paar Stichworte: ein Modellprogramm, das Frauen die Möglichkeit eröffnet, gewerblich-technische Berufe zu ergreifen, die bislang als sogenannte »Männerberufe« gelten; spezielle Berufsberatungen für Frauen und Mädchen auf den Arbeitsämtern; Aufhebung der Trennung von Männer- und Frauenberufen.

Frage:
Und wie sieht es in den Schulen oder am Arbeitsplatz wirklich aus, Herr Staatssekretär?

Staatssekretär:
Im allgemeinen weiterbildenden Schulwesen haben wir die Chancengleichheit erreicht: Der Anteil der Mädchen, die eine Haupt- oder Realschule, ein Gymnasium, eine Abendschule oder ein Kolleg besuchen, liegt zwischen 46 und 54 Prozent. Bei den arbeitslosen Jugendlichen allerdings sind die Mädchen härter betroffen als die Jungen: 60 Prozent der Jugendlichen ohne Ausbildungsvertrag und gar 66 Prozent der arbeitslosen Jugendlichen sind Mädchen. Und die Arbeitslosenquote der Frauen ist etwa doppelt so hoch wie die der Männer.

Für mich als den Angehörigen eines Entwicklungslandes klingen diese Informationen allzu vertraut. Auch die Frauen bei uns in Subäquatoria, das wissen Sie, liebe Hörerinnen und Hörer in der Heimat, am besten, sind ebenso wie in den meisten anderen Ländern der Dritten Welt im Nachteil gegenüber den Männern. Von den rund 800 Millionen Analphabeten beispielsweise sind etwa 500 Millionen Frauen. Mädchen brechen den Schulbesuch – das heißt die vier Jahre der Grundschule – wesentlich häufiger und früher ab als Jungen; in der Berufsausbildung haben sie viel geringere Chancen, und dies besonders in den technischen Berufen.

Hauptkennzeichen der Situation der Frau in den Entwicklungsländern ist – ähnlich wie in der Bundesrepublik – die Diskriminierung. Sie ist durch unzureichende Lebensbedingungen, hohe Geburtenraten und übermäßige familiäre und außerfamiliäre Arbeitslast in besonderem Maße betroffen. Mangel- und Fehlernährung verschärfen ihre Lage, denn wenn Lebensmittel knapp sind, hat die Frau oft weniger zu essen als Mann und Söhne.

Wie wir von unseren afrikanischen Nachbarländern wissen, arbeiten dort noch heute bis zu 80 Prozent der Frauen auf dem Lande – und zwar im Gegensatz zu den Männern manchmal von sechs Uhr früh bis zehn Uhr abends. Denn zu ihren Aufgaben gehören außer der Feldarbeit und der Versorgung der Familie auch so zeitraubende Tätigkeiten wie Holzsammeln und Wasserholen. Um für alle Frauen in allen Ländern gleiche Rechte, Chancen und Verantwortlichkeiten zu erreichen, haben die Vereinten Nationen die Jahre 1975 bis 1985 zur »Dekade der Frau« erklärt. Hören Sie zu diesem Thema noch einmal meinen heutigen Interviewpartner.

Staatssekretär:
Wir wissen, daß wir die volle Gleichstellung der Frauen in der ganzen Welt in diesem Jahrzehnt nicht abschließend verwirklichen können. Die politischen und wirtschaftlichen Machtstrukturen sowie die historisch gewachsenen Vorstellungen, Vorurteile und Klischees der Menschen sind nur in zäher und langwieriger Arbeit zu verändern. In unserem Land ist dies eine Hauptaufgabe der Bildungspolitik. Wir müssen bereits in den Schulbüchern anfangen, wo der Frau allzu häufig noch immer die Bereiche der drei klassischen »K« – Küche, Kinder, Kirche – als Hauptlebensbereiche zugeordnet werden.

Frage:
Und was, Herr Staatssekretär, tut die Bundesregierung zur Unterstützung der Frauen in der Dritten Welt?

Staatssekretär:
Um ein Zeichen dafür zu setzen, daß die Bundesregierung bereit ist, vorrangig frauenrelevante Projekte in ihrer Entwicklungspolitik zu unterstützen, haben wir die für frauenbezogene Projekte vorgesehenen Mittel der Entwicklungshilfe von 1979 für das laufende Jahr 1980 verdoppelt: von 2,5 auf fünf Millionen Mark.

Für diese Verdoppelung der gezielten deutschen Frauen-Unterstützung in den Entwicklungsländern müssen wir in der Dritten Welt ganz besonders dankbar sein – und dies um so mehr, als die Anstrengungen der Deutschen zur Förderung der Frauen in ihrem Land sich nicht wesentlich von den entsprechenden Anstrengungen in den Entwicklungsländern zu unterscheiden scheinen.
Auf Wiederhören in einer Woche.

Reisen bildet – Verreisen verbildet

UND ICH SAGE DIR, BENEIDENSWERT KONSEQUENT SIND DIESE MENSCHEN: HÖCHSTENS EINE SCHALE REIS AM TAG...

Liebe Hörerinnen und Hörer in der Heimat. Ein Wort der deutschen Sprache hat mich, als ich es das erstemal hörte, richtiggehend geschockt: Das Wort »Kulturschock«. Damit ist natürlich nicht der Schock gemeint, den eine Kultur erleidet, wenn sie mit Fremdem konfrontiert wird, sondern der Schock, den ein Fremder erleidet, wenn er sich in einer neuen, ihm ungewohnten Umgebung – sprich: Kultur – aufhält. So erging es mir, als ich, in unserem afrikanischen Subäquatoria aufgewachsen und ausgebildet, meine berufliche Tätigkeit in der Bundesrepublik aufnahm. Und so geht es den vielen, vielen Deutschen, die ein fremdes Land, häufig ein Entwicklungsland, aufsuchen.

Damit bin ich bei meinem heutigen Thema: dem Tourismus. Wie in vielen anderen Bereichen, so sind die Deutschen auch auf dem Gebiet des Tourismus Weltmeister. Jeder zweite Bundesbürger – rund 30 von 61,3 Millionen – leistet sich Jahr für Jahr eine Urlaubs- oder Erholungsreise. Die Mehrzahl sucht Ziele im Ausland auf – davon fast eine halbe Million sogar Länder der Dritten Welt. Ihre Reiselust lassen sich die Deutschen jährlich rund 30 Milliarden Mark kosten, von denen sie wiederum den größten Teil im Ausland ausgeben. Die »Weiße Industrie«, wie die Touristikbranche hierzulande genannt wird, hat – so scheint's – immer Hochkonjunktur. Nun sind die Deutschen nicht nur reisefreudig wie kaum eine andere Nation, sie denken auch intensiv über Sinn und Zweck, Vor- und Nachteile, Nutzen und Schaden des Tourismus für sich, für die besuchten Länder und für die betroffenen Menschen nach. Wie gründlich und wissenschaftlich untermauert sie dies tun, konnte ich jüngst in dem Ferienzentrum »Bavariana« studieren, das die bayerische Landesregierung mitten im wunderschönen Bayerischen Wald für erholung- und vergnügungsuchende Afrikaner erbaut hat. Hier, im Herzen einer der urwüchsigsten deutschen Regionen, finden vom Stress erschöpfte und von der Hitze ermattete Gäste aus Afrika die notwendige Abwechslung, um sich nach einigen Wochen wieder den harten Kämpfen des Alltags stellen zu können – wie die farbigen Prospekte es versprechen.

Um Ihnen, liebe Hörerinnen und Hörer in Subäquatoria, möglichst anschaulich zu schildern, was das Ferienzentrum »Bavariana« bietet, habe ich mich mit Mikrofon und Tonbandgerät bewaffnet und bin direkt ins Herz des Bayerischen Waldes gefahren. Hier meine Reportage:

Ich stehe hier auf dem Marktplatz des Ferienzentrums »Bavariana«, einem großen, für den Autoverkehr gesperrten Platz. Er ist umgeben von geschmackvollen Kralbauten, die in ihrer Bauweise unseren heimischen Wohnräumen angepaßt sind, aber aus klimatischen Gründen im Betonschalenguß errichtet wurden. Fast jedes Haus verfügt über einen kleinen Laden, in dem freundliche Einheimische die Kostbarkeiten des Landes feilhalten. Kleine Brotzeiträume und ortstypische Bierhallen bieten in freundlicher Umgebung einheimische Spezialitäten und afrikanische Importspeisen. Original bayerische Blasmusik gibt dem gesamten Zentrum ein lockeres und entspanntes Flair. Die afrikanischen Gäste schlendern entspannt über den Marktplatz, erholen sich bei langen Spaziergängen in den nahe gelegenen Wäldern, nehmen teil am Leben der Einheimischen.

Heute ist ein besonderer Tag im Ferienzentrum »Bavariana«. Wie seit fast sechs Jahrhunderten Brauch, wird eine Statue des Schutzheiligen der Gegend in feierlicher Prozession durch die Wälder und Fluren getragen, um seinen Segen für das Land zu erbitten. Anschließend findet ein Gottesdienst vor der alten kleinen Dorfkapelle statt, die geschmackvoll in das neue Ferienzentrum integriert worden ist.

Vor wenigen Minuten ist die Prozession zu Ende gegangen, der Geistliche betet nun vor der Kapelle im Freien, die Statue des Heiligen steht würdig auf dem Altar. Eine feierliche Stimmung unter den einheimischen Gläubigen will jedoch nicht aufkommen. Der Altar ist umringt von Touristen, die das seltene Schauspiel des jahrhundertealten Bittgottesdienstes mit ihren Fotoapparaten und Filmkameras festhalten wollen.

Vor dem Altar herrscht ein unvorstellbares Gedränge und Geschiebe. Jeder Tourist versucht sich mit seinen Ellbogen die beste Position für seinen Schnappschuß zu erkämpfen. Im Hintergrund dagegen, schweigend und zurückhaltend, die einheimischen Gläubigen.

Ja, und was tut sich jetzt neben dem Altar? Ein Tourist kommt offenbar mit dem Wechseln seines Films nicht klar. Schroff und gestenreich versucht er den Geistlichen zu bewegen, mit der Austeilung des Segens zu warten beziehungsweise die ganze Zeremonie noch einmal zu wiederholen. Peinliche Verwirrung bei allen Beteiligten, entwürdigend das Verhalten des afrikanischen Urlaubers. Beschämt breche ich meinen Bericht hier ab . . .

Ich hoffe, liebe Hörerinnen und Hörer in Subäquatoria, Sie können meine Enttäuschung, Empörung und Wut über das Verhalten meiner afrikanischen Landsleute im Ferienzentrum »Bavariana« verstehen. Diese Menschen sind hier Gäste; sie sind gekommen, um Erholung zu finden und um Freundschaften über Grenzen und Kontinente hinweg zu knüpfen. Aber sie benehmen sich wie »Wilde aus dem Busch«, nicht wie zivilisierte Menschen. Unvorstellbar, daß bei uns zu Hause so etwas passieren könnte.

Mit Bewunderung habe ich die Gelassenheit der Einheimischen erlebt, wie sie dieses überdrehte und überzogene Verhalten der Afrikaner in Bayern über sich ergehen ließen und zur gleichen Zeit dennoch freundlich geblieben sind. Meine Erfahrungen vom Ferienzentrum »Bavariana« veranlaßten mich, ein Gespräch mit dem bayerischen Tourismus-Minister über die Probleme zu führen, die sich aus der ständig wachsenden Zahl von ausländischen Gästen in seinem Land ergeben.

Frage:
Ihr Bundesland, Herr Minister, ist zu einem besonders beliebten Ziel für ausländische Reisende geworden. Welche Vorteile, aber auch welche Nachteile hat der Tourismus gebracht?

Minister:
Reisen kostet, wie Sie wissen, Geld. Und ein Teil des Geldes, das die Touristen ausgeben, bleibt bei uns, hilft unserer Wirtschaft, hebt den Lebensstandard der Bevölkerung.

Frage:
Bevor die Touristen kommen, muß aber investiert werden; es müssen Hotels und Verkehrswege, Erholungszentren und Freizeitanlagen gebaut werden. Ich habe gelesen, daß die Kosten für diese Investitionen die Deviseneinnahmen bei weitem übersteigen.

Minister:
Kurzfristig betrachtet, mögen Sie recht haben. Aber langfristig zahlen sich diese Investitionen allemal aus. Wir haben Berechnungen darüber, daß wir bis zum Jahre 2000 alle Investitionskosten dank der Deviseneinnahmen wieder »heraus« haben. Und bitte vergessen Sie eines nicht: Die Freizeitanlagen stehen natürlich auch unserer eigenen Bevölkerung zur Verfügung und tragen so zu einer Erhöhung ihrer Lebensqualität bei.

Frage:
Sie geben mir damit ein neues Stichwort, Herr Minister: Wie sieht es mit der Zerstörung der Sozialstrukturen durch den Tourismus aus? Lassen die Bauern nicht ihre Höfe im Stich, weil sie als Kellner mehr verdienen? Oder geben die Frauen ihre alten Berufe nicht auf, weil sie als Zimmermädchen oder Souvenir-Verkäuferinnen ein besseres Einkommen erzielen?

Minister:
Ich kenne diesen Vorwurf, der hinter Ihrer Frage steht. Aber Sie müssen eines bedenken: Gerade durch den Tourismus haben wir viele neue Arbeitsplätze geschaffen. Und den Menschen, die in dieser Branche tätig sind, geht es besser als zuvor.

Frage:
Aber werden ihre Lebens- und Verhaltensweisen nicht durch das schlechte Vorbild der mit Geld nur so um sich werfenden Touristen verdorben? Und wie wirken solch peinliche Szenen, wie sie bei der jüngsten Wallfahrt geschehen sind, auf die Einheimischen?

Minister:
Zur Völkerfreundschaft gehört eben auch, daß man sich sogar dann versteht, wenn man den anderen nicht so ganz versteht. Der bayerische Mensch – müssen Sie wissen – ist tolerant und liberal. Außerdem haben wir ein bewährtes Sprichwort in Bayern, nach dem sich meine Mitbürger richten: Black is beautiful.

Frage:
Verzeihen Sie, Herr Minister, wenn ich noch einmal nachhake: Was passiert, wenn plötzlich die Touristen aus Afrika ausbleiben?

Minister:
Sie können versichert sein, daß wir diesen Fall in unsere Kalkulation einbezogen haben. Schauen Sie sich auf dem Globus um: Es gibt noch andere Kontinente mit reiselustigen Menschen.

Soweit mein Interview mit dem bayerischen Tourismus-Minister. Sie sehen, liebe Zuhörer in der Heimat, wer Probleme des Tourismus studieren will, muß nicht nur in Entwicklungsländern bleiben. Auch die Bundesrepublik ist eine Reise wert. Auf Wiederhören in einer Woche.

Die Killer-Generationen

Gegen den Strom

Liebe Hörerinnen und Hörer in der Heimat. Eines der schrecklichsten Worte, das ich je gehört habe, heißt »overkill«. Es beschreibt das riesige Rüstungspotential, das auf der ganzen Welt vorhanden ist. Und diese globale Waffensammlung in West und Ost ist so groß, daß im Kriegsfall jede Seite die andere gleich mehrmals vernichten könnte – overkill!

Seit vor nunmehr einigen Jahrzehnten die erste Atombombe auf die japanische Stadt Hiroschima abgeworfen wurde, haben Ost und West ein nukleares Vernichtungsarsenal aufgebaut, das die Zerstörungskraft dieser Bombe um das Millionenfache übertrifft: Weit über 50000 atomare Sprengköpfe liegen für den sogenannten Ernstfall bereit ...

Besonders in den vergangenen zehn Jahren wurde weltweit aufgerüstet und aufgerüstet – und dies, obwohl die Vereinten Nationen 1969 die 70er Jahre zum »Abrüstungsjahrzehnt« ausgerufen hatten. Die Regierungen wurden Ende der 60er Jahre aufgefordert, »unverzüglich ihre gemeinsamen Anstrengungen zu verstärken für wirksame Maßnahmen zur ehestmöglichen Einstellung des nuklearen Wettrüstens, zur atomaren Abrüstung und zur Beseitigung anderer Massenvernichtungswaffen sowie für den Abschluß des Vertrages über die allgemeine vollständige Abrüstung unter strenger und wirksamer internationaler Kontrolle.«

Was aus diesem feierlichen Appell aller Staaten an sich selber geworden ist, sieht unter dem Strich so aus: Pro Kopf der Menschen in allen Ländern gibt es heute – im Gegensatz zu früher – mehr Sprengstoff als Nahrungsmittel.

Über andere Auswirkungen des Wettrüstens sprach ich jüngst mit einem deutschen Wissenschaftler, dem Konstrukteur der »Glorüa-Uhr«, deren Existenz leider noch viel zu wenig bekannt ist.

Frage:
Herr Professor, Sie sind der Erfinder der sogenannten »Glorüa-Uhr«. Was ist das für eine Uhr?

Professor (im Hintergrund Uhr-Tikken im Sekunden-Rhythmus):
Nun, die »Glorüa-Uhr« sieht zunächst einmal wie eine ganz normale Küchenuhr aus. Sie zeigt Tage, Stunden, Minuten und Sekunden an. In das Uhrwerk, das in jedem Fachgeschäft erhältlich ist, habe ich einen kleinen Computer mit einer Anzeigetafel eingebaut. Dieser Computer ist – vereinfacht gesagt – auf die jährliche Steigerung der Waffenproduktion in der Welt, auf deren Kostenexplosion sowie auf die Teuerungsrate anderer Güter des täglichen Bedarfs programmiert.

Frage:
Was zeigt denn nun, Herr Professor, die »Glorüa-Uhr« an? Und was bedeutet eigentlich der Name?

Professor:
Nun, der Name »Glorüa« ist, wie Sie sich unschwer vorstellen können, eine Abkürzung. Sie steht für »*Glo*bale *Rü*stungs-*A*usgaben«. Ich drücke jetzt den »Stop«-Knopf, drücke sodann die Sekunden-, Minuten- und Stundentasten, und Sie können auf der Anzeigetafel ablesen, welche Summen in diesem Moment auf der Welt für Rüstungsmaßnahmen verschwendet werden.

Leu:
Das sind, wenn ich es recht entziffere: 28 538,80 Mark pro Sekunde, etwas mehr als 1,7 Millionen Mark pro Minute und über 102 Millionen Mark pro Stunde.

Professor:
Ganz richtig! Und jetzt demonstriere ich Ihnen mit der »Glorüa-Uhr«, was innerhalb einer einzigen Sekunde durch die weltweite Rüstung verlorengeht. Sie sehen: Es sind zum Beispiel 16 Klassenzimmer, also eine ganze Schule, oder etwa 30 Dorfapotheken in den Entwicklungsländern. Oder ein dicker Mercedes oder zwei VW-Golf in einem Land wie der Bundesrepublik. Und schon wieder: 16 Klassenzimmer, 30 Apotheken, ein Mercedes, zwei VW-Golf. Alles in jeweils einer Sekunde!

Die Rüstungsverschwendung auf der Welt hat in der Tat mittlerweile astronomische Höhen erreicht. Allein in diesem Jahr werden rund 900 Milliarden Mark – das ist eine 9 mit elf Nullen – für Waffen, Militär sowie Kriegsverhinderung oder Kriegsvorbereitung ausgegeben. Das meiste Geld, nämlich 80 Prozent, geben die beiden großen Bündnisse aus: die NATO und der Warschauer Pakt. Ein Gutteil, rund 130 Milliarden, geht allerdings auch auf das Konto der Entwicklungsländer. Und der internationale Waffenhandel ist eine der einträglichsten und zuwachsträchtigsten Wirtschaftsbranchen überhaupt.

Ich habe diese Summen, liebe Hörerinnen und Hörer in Subäquatoria, einmal in Vergleich zur Entwicklungshilfe gesetzt, damit Sie sehen, um welche Größenordnung es sich handelt: Allein das Waffengeschäft hat mit seinen 40 Milliarden Mark Umsatz pro Jahr ziemlich genau den gleichen Umfang wie die Entwicklungshilfe aller Industrieländer zusammengenommen. Die Militärausgaben der Entwicklungsländer (130 Milliarden Mark) liegen dreimal so hoch wie die internationale Entwicklungshilfe. Und die weltweite Rüstung schließlich kostet mindestens das Zweiundzwanzigfache der Entwicklungshilfe.

Über die zusätzliche geistige Ressourcen-Verschwendung hat mir mein heutiger Interviewpartner, der Konstrukteur der »Glorüa-Uhr«, die folgenden Angaben gemacht:

*

Professor:
Die globalen Verluste, die im Bereich der Rüstung auftreten, gehen weit über die Verschwendung von Geld hinaus. Allein 400 000 bestens ausgebildete Wissenschaftler und Ingenieure sind in militärischen Vorhaben beschäftigt; sie fallen damit für andere Bereiche aus. Fast jede zweite Mark, die weltweit für Forschungs- und Entwicklungsinvestitionen ausgegeben wird, betrifft Rüstungsaspekte. Und ganz schlimm sieht es aus, wenn man die Rüstungsanstrengungen mit den Friedensbemühungen vergleicht: Die Investitionen liegen hier um das 2500fache höher!

Sie haben bislang mit Recht, liebe Hörerinnen und Hörer in Subäquatoria, die Bundesrepublik in meinem heutigen Bericht vermißt. Militär und Rüstung sind keine typisch deutschen Probleme mehr (Gott sei Dank), obwohl gerade in diesem Land, an der Nahtstelle zwischen Ost und West, Sicherheit groß geschrieben wird. Nichtsdestoweniger ist aber auch Deutschland – wenn auch weit hinter den USA, der Sowjetunion oder Frankreich – ein Waffenlieferant für die Dritte Welt; an mehr als 50 Entwicklungsländer wurden in den vergangenen Jahren deutsche Waffen, vorwiegend Kriegsschiffe, verkauft. Dies ist im Vergleich zur technologischen Kapazität dieses Landes kein sonderlich großes Geschäft.

Was mich als den Angehörigen eines Entwicklungslandes bedrückt, sind Fragen der politischen Moral und des politischen Willens. In der deutschen Öffentlichkeit wird über Entspannung und Abrüstung geredet und geredet – und nichts geschieht. Im Gegenteil: Wenn der große Bruder USA ruft, wird der Verteidigungsetat flugs nach dessen Vorschrift aufgestockt. Abrüstung hat damit den gleichen Stellenwert wie die Entwicklungshilfe, allerdings mit einem entscheidenden Unterschied. Jedermann tritt öffentlich für die Erhöhung der Unterstützung der Dritten Welt ein – und letzten Endes geschieht nichts. Unterschied zur Rüstung: Es passiert in der Entwicklungshilfe auch dann nichts, wenn die Not der Dritten Welt immer größer und die Hilferufe immer lauter werden.
Auf Wiederhören in einer Woche.

Rückstands-Probleme

Liebe Hörerinnen und Hörer in der Heimat. Ein Wort, das ich seit einigen Wochen nahezu täglich in den deutschen Zeitungen, Hörfunk- und Fernsehsendungen finde, lautet: »Rückstandsprobleme«. Mit »Rückstand« ist dabei nicht etwas Geistiges gemeint, etwa im Sinne von »intellektuell unterentwickelt«; beschrieben wird im Gegenteil etwas sehr Materielles. Es geht um geringe, ohne Mikroskop nicht erkennbare, aber nichtsdestoweniger gefährliche Spuren von gesundheitsgefährdenden Stoffen in Fleischwaren.

So mußte zum Beispiel jüngst Babynahrung aus dem Verkehr gezogen werden, weil in dem in ihr verarbeiteten Kalbfleisch krebserregendes Östrogen entdeckt wurde; bei der EG in Brüssel wurde sogar eine eigene Kalbfleisch-Halde eingerichtet. Ferner beschlagnahmten die Gesundheitsbehörden tiefgefrorenes Kaninchenfleisch, da es Reste von Pflanzengift enthielt. Ängstliche Bundesbürger befürchten bereits, daß sie in Zukunft auf dem Weg vom Supermarkt nach Hause einen Umweg über die Lebensmittel-Kontroll-Behörde einlegen müssen.

Umweltschutz – und gerade die eben zitierten giftigen Rückstände in Nahrungsmitteln sind ein schlagender Beweis für die Gefahren, die aus einer verseuchten Umwelt entstehen – Umweltschutz ist ein Bereich, der in einem hochindustrialisierten Land wie der Bundesrepublik immer wichtiger wird. Jeder, der sich mit offenen Augen, Ohren und anderen Sinnesorganen durch dieses Land bewegt, weiß, wovon ich rede.

Die großen Flüsse sind seit Jahren so verdreckt, daß es zur Kindheitserinnerung alter Menschen gehört, wie schön das Schwimmen in ihnen war; nicht zuletzt die großen Chemie-Konzerne sorgen mit ihren giftigen Abwässern auch heute noch dafür, daß diese Kindheitserlebnisse Kindheitserlebnisse bleiben. In den industriellen Ballungszentren – dem Ruhrgebiet, dem Rhein-Main-Gebiet oder dem Großraum Mannheim-Ludwigshafen – gehört saubere Luft ebenfalls der Vergangenheit an; die Schornsteine der Groß- und Schwerindustrie sowie die Abgase der Pkws und Lkws verpesten in manchen Regionen die Luft derart, daß besondere Smog-Alarm-Pläne ausgearbeitet werden mußten. Auch der Lärm im Verkehr und an vielen Arbeitsplätzen ist häufig so unerträglich, daß besondere Lärmschutzvorschriften erlassen wurden.

Die alte Volksweisheit »Gefahr erkannt – Gefahr gebannt« scheint für den Umweltschutz allerdings nicht zu gelten. Über eine halbe Milliarde Mark läßt sich die Bundesregierung jährlich den Kampf für eine saubere Umwelt kosten, für Abfallbeseitigung und Luftreinhaltung, für Lärmschutz und Giftstoffkontrollen. Im zuständigen Bonner Innenministerium beschäftigt sich eine ganze Abteilung mit dieser Problematik. In Berlin existiert ein eigenes Umweltbundesamt. Und es besteht ein besonderer »UFOPLAN«; er hat allerdings nichts mit den himmlischen Gefährten kleiner grüner Männchen zu tun, sondern bedeutet schlicht »Umweltforschungsplan«; etwa 750 Einzelvorhaben werden pro Jahr mit seinen Mitteln unterstützt.

Dennoch: Für viele Bundesbürger bleiben der blaue Himmel über der Ruhr oder die grünen Lungen der Großstädte unerfüllbare Träume. Träume, an die sich junge Parteien wie »Die Grünen« anklammern, und Träume, die sich nach einem einfachen und sauberen Leben in einer heilen Welt der Entwicklungsländer sehnen. Ob sich diese Träume einer alternativen Lebensweise mit der Realität in der Dritten Welt in Übereinstimmung bringen lassen – darüber sprach ich jüngst in Bonn mit einem deutschen Experten, der im Dienst des Umweltprogramms der Vereinten Nationen steht.

Frage:
Viele Aussteiger und Ausflipper, wie sie hierzulande genannt werden, aber auch ernst zu nehmende Menschen glauben, in den Entwicklungsländern eine »heile Umwelt« zu finden. Was würden Sie, Herr Doktor, jemandem antworten, der Sie um entsprechende Informationen bittet?

Experte:
Dem würde ich zunächst einmal raten, sich die Dokumente der Vereinten Nationen zu Gemüte zu führen. Nehmen wir zum Beispiel das Wasser. Wie Sie wissen, haben die UN die Jahre 1981 bis 1990 zur »Weltwasserdekade« ausgerufen – und das nicht ohne Grund. Denn sauberes Trinkwasser fehlt in den meisten Teilen der Welt: Zwei Drittel aller Menschen haben keinen Zugang zu einwandfreiem Trinkwasser, drei Viertel der Menschen leben ohne sanitäre Anlagen, vier Fünftel aller tropischen Krankheiten und Seuchen sind auf Mängel in der Trinkwasserversorgung zurückzuführen.
Wenn Sie das auf die Bundesrepublik übertragen, so heißt das: Nur die Einwohner von Nordrhein-Westfalen hätten einwandfreies Trinkwasser, der Rest der Republik müßte sich mit gesundheitsgefährdendem Wasser abfinden, das zudem nicht aus den Leitungen fließt, sondern von öffentlichen Zapfstellen ins Haus geholt werden muß.

Frage:
Ein anderer Bereich, Herr Doktor! Wie sieht es mit dem Land – ich meine mit fruchtbarem Boden – in den Entwicklungsländern aus?

Experte:
Ich fürchte, nicht viel besser. Fast die Hälfte der Landoberfläche unseres Planeten ist Wüste. Und die Wüste lebt nicht nur, sie breitet sich in katastrophaler Schnelligkeit aus. Betrachten wir nur die Sahara: Jahr für Jahr rückt sie um rund sechs Kilometer weiter nach Süden; und gleichzeitig gehen an ihrem Nordrand ebenfalls Zehntausende von Hektar verloren. Die Wüsten der Welt bedrohen die Menschen in unvorstellbarem Maß, denn in den Wüsten und Halbwüsten fristen etwa 600 Millionen Menschen ihr Dasein – das sind zehnmal mehr Menschen, als die Bundesrepublik Einwohner hat, oder fast jeder vierte Bewohner eines Entwicklungslandes (China ausgenommen).
Gleichzeitig – und dies verschlimmert die Situation zusätzlich – nehmen die Waldflächen auf der Erde ab, und zwar weniger in den Industrie- als in den Entwicklungsländern. Zwischen 30 und 60 Jahren, so haben Fachleute ausgerechnet, kann es noch dauern, bis die Dritte Welt keinen nennenswerten Waldbestand mehr haben wird. Die Folgen können Sie sich leicht ausmalen.

Frage:
Welche Folgen – und dies ist meine letzte Frage, Herr Doktor – hat die Umweltbelastung für die Luft, für unser Klima und damit für unser künftiges Leben?

Experte:
Wenn ich Ihnen diese Frage exakt beantworten könnte, wäre ich einer der mächtigsten Männer der Welt. Ich weiß nur eines: Die Luft wird weltweit schlechter – nicht zuletzt wegen des steigenden Gehalts an Kohlendioxid aufgrund der vielen Motoren und Maschinen, die Erdöl und Erdgas verbrennen, sowie aufgrund der Abholzung der Wälder, die den nötigen Sauerstoff produzieren.
Welche Auswirkungen das alles auf unser Klima haben wird, vermag ich nur abzuschätzen: Wenn die durchschnittliche Temperatur auf der Welt auch nur um ein oder zwei Grad Celsius steigt, bedeutet das für Europa, Nordamerika und Teile der Sowjetunion ein Wetter wie in Italien, für die tropischen und subtropischen Staaten aber eine Zunahme an Hitze, Wüste, Hunger und Not.

Die Schlußfolgerung, die ich, liebe Hörerinnen und Hörer in Subäquatoria, aus diesem Interview ziehe, ist ganz einfach: Umweltgefahren bedrohen Industrie- und Entwicklungsländer gleichermaßen. Hier wie dort müssen die Menschen zu verantwortlichem Handeln mit den noch vorhandenen Reichtümern und Schätzen der Erde erzogen werden. Dies heißt: Wir müssen von der Schadensbeseitigung zur Schadensvermeidung, vom Verursacherprinzip zum Vorsorgeprinzip kommen.

Wenn ich mir allerdings anschaue, was Verantwortliche in Politik und Wirtschaft der Bundesrepublik in diesem Bereich tun, kann ich nur noch einmal das eingangs zitierte Wort von den »Rückstandsproblemen« wiederholen. Im Bereich des Umweltschutzes haben wir es nicht nur mit materiellen, sondern ganz besonders mit geistigen Rückstandsproblemen zu tun!
Auf Wiederhören in einer Woche.

Superreich und superarm

... und den Menschen ein Wohlgefallen

Liebe Hörerinnen und Hörer in der Heimat. Jeder, der in der Bundesrepublik etwas auf sich hält, ist ein Experte in Sachen Menschenrechte. Dieses Wort gehört hierzulande zum gängigen Politvokabular. Dabei muß man eines wissen: Wer öffentlich von Menschenrechten spricht, meint die Menschenrechte, die in anderen Ländern nicht angewandt, mißachtet oder mit Füßen getreten werden. Viele Politiker benutzen den Bruch von Menschenrechten in fernen Staaten allzu gerne, um den innenpolitischen Gegner in Deutschland zu treffen.

Bei diesem Parteienstreit geraten die, um deren Menschenrechte man sich Gedanken zu machen vorgibt, in Vergessenheit. Das grundlegende Recht jedes Menschen wird nicht – oder fast nicht – zur Kenntnis genommen: nämlich das Recht darauf, ein Leben in Menschenwürde führen zu können.

Welche Verstöße gegen dieses Recht, ein Mensch zu sein, könnten die 61,3 Millionen Einwohner der Bundesrepublik erkennen, wenn sie mit offenen Augen die Welt betrachten? Bei meinen Recherchen bin ich auf erschreckende Zahlen gestoßen:

- 300 Millionen Menschen in den Entwicklungsländern sind ohne Arbeit, Einkommen und Verdienst – fünfmal mehr als die Zahl aller Menschen in der Bundesrepublik;
- 500 Millionen Menschen in den Entwicklungsländern leiden Hunger, sind unter- oder fehlernährt – achtmal mehr als die Zahl aller Menschen in der Bundesrepublik;
- 800 Millionen Menschen in den Entwicklungsländern sind dazu verurteilt, ein Leben in absoluter Armut zu fristen, in einem Zustand, der schlimmer ist als die wenigen Jahre der Trümmergeneration nach dem Zweiten Weltkrieg – dreizehnmal mehr als die Zahl aller Menschen in der Bundesrepublik;
- 1500 Millionen Menschen in den Entwicklungsländern haben keinen Zugang zu sauberem Wasser – 25mal mehr als die Zahl aller Menschen in der Bundesrepublik.

Doch dieses Elend ist weit von den Deutschen entfernt. Hin und wieder wird es vom abendlichen Fernsehen in die Wohnstuben »eingespielt«, rührt – besonders in der Vorweihnachtszeit – die Herzen der Menschen und läßt sie durch eine Zehn-Mark-Spende das Gefühl erleben, etwas »Gutes« getan zu haben. Und damit hat es sich.

Warum dies so ist – darüber sprach ich jüngst in Bonn mit dem für Entwicklungshilfe zuständigen Bundesminister.

Frage:
Für die Probleme, Schwierigkeiten und Nöte der Menschen in der Dritten Welt scheinen die Bundesbürger keine »Antenne«, kein Gefühl zu haben. Woran liegt dies Ihrer Meinung nach, Herr Minister?

Minister:
Das liegt an den völlig unterschiedlichen Lebensbedingungen. Schauen Sie sich den durchschnittlichen Bundesbürger an: Zwischen 70 und 90 Prozent aller Familien haben – um nur einige Beispiele zu nennen – ein Auto, ein Fernsehgerät, einen Fotoapparat, einen Kühlschrank, einen Elektroherd, eine Waschmaschine. Dieser private Wohlstand verstellt den Blick. Selbst ich, der ich häufig Entwicklungsländer besuche, habe große Schwierigkeiten, über den flüchtigen Eindruck hinaus mir zu vergegenwärtigen und bewußtzumachen, was Armut wirklich für jeden einzelnen Menschen dort bedeutet. Im tropischen Klima, in einer reizvoll-exotischen Umgebung, im farbenprächtigen Bild sieht Armut allzu oft ausgesprochen malerisch aus.

Frage:
Können Sie, Herr Minister, ein konkretes Beispiel nennen, wie der Blick der Bundesbürger verstellt wird?

Minister:
Natürlich. Nehmen wir nur das Auto. Rund 22 Millionen Personenwagen gibt es in der Bundesrepublik. Unser Land gehört damit zu den Ländern mit der größten Verkehrsdichte. Für den Autofahrer heißt das: Ihn belasten Probleme wie steigende Benzinpreise, verstopfte Straßen, Ärger mit der Versicherung, Abgase und Lärm. Weil aber auch Autofahrer nur eine begrenzte Aufnahmefähigkeit haben, kommen sie wegen der Fülle dieser Probleme nicht zum Nachdenken darüber, daß viele, viele Millionen Menschen überhaupt nicht in der Lage sind, sich ein Auto zu leisten. Zuweilen nimmt der »Fetisch Auto« geradezu groteske Formen an, die auf einen Außenstehenden, zumal einem aus einem Land der Dritten Welt, nicht nur lächerlich, sondern peinlich wirken müssen. Ich will Ihnen ein Beispiel nennen: Bei vielen Bundesbürgern sind in jüngster Zeit Jeeps oder andere Geländefahrzeuge in Mode gekommen. Weil es aber hierzulande keine Wüste oder Schlammgegenden gibt, bietet eine Zubehörfirma seit neuestem Dreck aus der Dose an: »Amazonas« (roter Schlamm mit Lianenstückchen) oder »Sahara« (Wüstengelb mit Steinresten). Sie werden verstehen, daß ich mich deswegen schäme, obwohl ich selbst gerne Auto fahre.

Sie sehen, liebe Hörerinnen und Hörer in Subäquatoria, auch ein deutscher Entwicklungsminister macht sich Gedanken.
Nun zu einem anderen Aspekt des gleichen Themas. Wie verhält es sich mit der Entwicklungshilfe im Vergleich zu anderen Summen, die in der Bundesrepublik von öffentlichen Stellen oder Privatpersonen ausgegeben werden? Voller Stolz hat die Regierung kürzlich bekanntgegeben, daß sie die Franzosen wieder einmal »geschlagen« hat – natürlich nicht mit Waffen, sondern mit der Höhe der Entwicklungshilfe: Hinter den USA nimmt Deutschland jetzt den zweiten Platz aller sogenannten »Geberländer« ein.
Ich möchte diese Leistung nicht schmälern, im Gegenteil: Sie ist angesichts wachsender Schwierigkeiten in der Bundesrepublik und angesichts der zurückgehenden Entwicklungshilfe anderer Industrieländer wie den USA oder England positiv zu vermerken. Lassen Sie mich dennoch die sechs Milliarden Mark Entwicklungshilfe in Gegensatz setzen zu: 75 Milliarden Mark für die soziale Sicherung, 55 Milliarden Mark staatliche Subventionen, 40 Milliarden Mark für Verteidigung, 28 Milliarden Mark für Verkehr – oder 55 Milliarden Mark für Alkohol und Nikotin. Alles Ausgaben pro Jahr, versteht sich.
Im Wissen um diese Zahlen sprach ich jüngst in Bonn auch mit dem deutschen Regierungschef, den ich zu einem kurzen Exklusivinterview in den Wandelgängen des Parlaments traf.

Frage:
Das Nord-Süd-Problem, Herr Bundeskanzler, wird immer dringlicher. 1,2 Milliarden Menschen in den 38 ärmsten Ländern der Dritten Welt verfügen über ein Pro-Kopf-Einkommen von 200 Dollar jährlich; in den Industrieländern liegt dieses Einkommen rund 40mal höher. Welche Konsequenzen zieht die Bundesregierung daraus?

Bundeskanzler:
Es ist schwer vorstellbar, wie die vielen Milliarden Menschen, die in den nächsten Jahrzehnten geboren werden, ausreichend Nahrung und Wohnung, Arbeit und ein menschenwürdiges Leben finden können. Hinzu kommt die Preisexplosion für Öl. Die gesamte westliche Entwicklungshilfe reicht nicht aus, um den Preisanstieg nur eines Jahres zu decken. Aus diesen Erkenntnissen müssen Konsequenzen gezogen werden – und zwar heute, nicht erst in zehn oder 20 Jahren.

Frage:
Als Regierungschef bestimmen Sie, Herr Bundeskanzler, die Richtlinien der deutschen Politik. Wie sehen diese von Ihnen genannten Konsequenzen aus?

Bundeskanzler:
. . . (Schweigen)

Leu:
Vielen Dank für dieses Gespräch.

Mit diesem Ausblick auf die Zukunft der deutschen Entwicklungspolitik, liebe Hörerinnen und Hörer in Subäquatoria, bin ich am Ende meiner heutigen Sendung und gleichzeitig am Ende meiner Reihe der »Berichte aus dem Entwicklungsland Bundesrepublik Deutschland«. Ich habe versucht, Ihnen Parallelen und Vergleiche zwischen Industrieländern und Entwicklungsländern aufzuzeigen. Mein satirischer Ansatz war jedoch nicht immer durchzuhalten; allzu häufig merkte ich, daß er gar unmöglich ist.

Denn: Überfluß und Wegwerf-Gesellschaft auf der einen und Unterprivilegiertheit und Benachteiligung auf der anderen Seite sind zwar zwei Seiten ein und derselben Medaille. Aber vergleichen lassen sich die Probleme der Superreichen und der Superarmen nicht, sie lassen sich nur beklagen, vielleicht einmal in ferner Zukunft ändern.

Auf Wiederhören.

Bildquellen

Hans Sigg	»Nebelspalter« Handelsblatt (19. 10. 1978)	Seite 10
Horst Haitzinger	»Weltblick« Nr. 1 (1975), Zeitschrift des Bundesministeriums für wirtschaftliche Zusammenarbeit	Seite 16
Jupp Wolter	Augsburger Allgemeine (5. 12. 1977)	Seite 22
Hans Geisen	Basler Zeitung (26. 8. 1980)	Seite 30
Peter Leger	Süddeutsche Zeitung (1. 6. 1979)	Seite 36
Horst Haitzinger	Wirtschaftswoche (1. 12. 1978)	Seite 44
Fritz Wolf	»Weltblick« Nr. 3 (1976), Zeitschrift des Bundesministeriums für wirtschaftliche Zusammenarbeit	Seite 52
Erik Liebermann	Die Welt (26. 1. 1979)	Seite 60
Gerd Hüsch	Westdeutsche Allgemeine (1. 8. 1980)	Seite 68
Andreas Locher	»einige sind gleicher«, Hrsg. Deutsche Welthungerhilfe, 1975	Seite 76
Walter Hanel	Frankfurter Rundschau (28. 3. 1980)	Seite 84
Jan Tomaschoff	Deutsches Allgemeines Sonntagsblatt (17. 9. 1978)	Seite 90
Hans-Joachim Gerboth	Kölnische Rundschau (24. 12. 1980)	Seite 98